THE MAPS OF
TOLKIEN'S
MIDDLE–EARTH

가운데땅의 지도들

THE MAPS OF TOLKIEN'S MIDDLE-EARTH

브라이언 시블리 글 | 존 하우 그림 | 김번 옮김

arte

CONTENTS

역자 서문　　　　　　　　　　　　　　007
저자 서문　　　　　　　　　　　　　　011

그곳으로 그리고 다시 이곳으로
『호빗』의 지도에 관하여　　　　　　　020

길은 끝없이 이어지네
가운데땅의 지도에 관하여　　　　　　052

산맥의 서쪽, 바다의 동쪽
벨레리안드의 지도에 관하여　　　　　086

별의 땅
누메노르의 지도에 관하여　　　　　　130

역자 서문

김번, 2022

『가운데땅의 지도들』에서 두 저자는 톨킨의 주요 작품,『호빗』,『반지의 제왕』및『실마릴리온』,『끝나지 않은 이야기』에 나타난 가운데땅의 주요 장소들을 찬찬히 톺아가면서 세 시대에 걸친 가운데땅의 내력을 요령 있게 짚어 내고 각 장소에 얽힌 유의미한 사연을 자상하게 소개하고 정리해 준다. 사실, 가운데땅의 역사는 드넓은 품으로 도저하게 흐르는 대하와도 같아 그 속의 무수한 인물, 장소 및 사건들 속에서 독자는 길을 잃고 헤매기 일쑤이다. 길눈 밝은 두 저자가 답사 여행의 인솔자처럼 톨킨이 창조한 광대한 판타지의 공간으로 독자를 친절하게 안내한다.

존 하우(John Howe)는 생생한 지도(와 삽화)들을 통해 독자를 순식간에 사건의 현장들로 데려가고, 브라이언 시블리(Brian Sibley)는 글로써 그 지도들에 담긴 숱한 이야기의 갈피들을 간추려 낸다. 하우의 작업이 자연 지리에 해당한다면 시블리의 작업은 인문 지리에 상응하는 셈인데, 우리는 이런 합작의 원형을 톨킨이『호빗』에 수록한 스로르의 지도에서 엿볼 수 있다. 그 지도에는 용 스마우그를 포함한 여러 그림과 함께 각 장소에 관련된 중요 정보가 아주 간단하게—예컨대, "여기에 용이 있다"는 식으로—기술되어 있는 것이다.

본문을 담당한 시블리는 방송 극작가 겸 톨킨 전문가로 1981년『반지의 제왕』을 각색한 BBC 라디오 방송극을 집필했고,『반지의 제왕: 공인 영화 안내서』(The Lord of the Rings: Official Movie

Guide) (2001)와 『반지의 제왕: 영화 3부작의 제작』(The Lord of the Rings: The Making of the Movie Trilogy) (2002) 등을 출간했다. 지도와 삽화를 맡은 하우는 도서 삽화가로 영화 <반지의 제왕> 3부작에서 디자이너(conceptual designer)로 참여했다. 영화에 나오는 많은 건축물들은 그가 유명한 삽화가 앨런 리(Allan Lee)와 함께 그린 디자인들을 토대로 하여 만들어졌다고 한다.

이 책의 또 다른 특장은 장구한 기간의 세 시대에 걸쳐 가운데땅을 창조해 가는 과정에서 톨킨에게 왜 지도가 그렇게 중요했던가를 해명하는 데 있다. 절대반지를 취득하는 빌보의 모험 여행과 그 반지를 파괴하기 위한 프로도의 원정길은 동시에 톨킨이 가운데땅을 계속적으로 새롭게 발견해 가며 그 땅의 역사를 확장·심화하는 과정이기도 했다는 것이다. 가령, 『호빗』에서 빌보가 우연히 습득한 반지가 착용자를 눈에 보이지 않게 하는 하나의 신기한 반지에 불과했다면, 『반지의 제왕』에서 그것은 가운데땅 자유민들의 운명이 걸린 기필코 파괴해야 할 절대 반지로 드러난다. 우연이 필연으로 바뀌는 극적인 사태 전환이 일어나는 바, 이 놀라운 전환이 톨킨이 가운데땅의 지도를 끊임없이 수정하고 증보해 나간 과정과 나란히 제시된다. 이를 통해 우리는 제1시대의 벨레리안드와 제2시대의 누메노르가 바다 밑으로 사라지는 거대한 지각 변동이 각기 엘다르와 에다인에게 닥친 역사적 대격변의 지리적 대응물임을 알게 된다. 세 시대의 지도들을 비교·대조해 보면 가운데땅의 지형이 변화해 간 궤적에 투영된 파란의 역사를 더듬어 볼 수 있다. 요컨대, 가운데땅에 대한 공간적 인식이 지도라면 그곳에서 펼쳐진 삶에 대한 시간적 파악이 역사인 셈이다.

시블리는 빌보의 모험 여행이 얼마나 파격적이고 호빗답지 않은 것인가를 두고 "골목쟁이집 부근 어딘가에 용이 있다면 강변마을의 '푸른용 주막'뿐인 상황에서 진짜 용을 만난다는 생각에 겁나기도 했지만"이라고 날렵한 잽을 던지듯 말한다. 『호빗』이 그처럼 동화적이고 희극적인 분위기에 감싸인 이야기인 반면에 『반지의 제왕』은 성장과 그에 따른 상실의 비애감이 짙게 깔린 장중한 애가(哀歌, elegy)라고 하겠다. 빌보가 떠나며 남긴 반지를 소지한 채 프로도는 50회 생일이 가까울 무렵 빌보가 그 나이에 모험 여행을 떠난 것을 상기하며 자신의 삶의 행로에 대해 어딘가 불길하면서도 중차대한 변화의 기미를 감지한다. 그때 그는 지도를 본다. "프로도는 불안감을 느끼기 시작했고, 발길에 익은 주변 길들이 지겹게 느껴졌다. 그는 지도들을 보며 그 테두리들 너머에는 무엇이 있을지가 궁금했다. 샤이어에서 만든 지도들에는 경계 너머가 대부분 흰 여백으로만 표시되어 있었다." 바깥 세상에 대해 별 관심이 없고 또 바깥으로부터 주목받아 본 적 없이 우물 안 개구리처럼 살아온 호빗들에게 샤이어의 바깥은 사실상 백지와 같다. 샤이어의 좁은 테두리 속에 안이하게 머물고자 한다면 지도는 굳이 필요 없다. 하지만 그 경계 밖으로 행군하려 할 때는 지도와 함께 나침반이 필요하다. 순찰자 아라고른과 마법사 간달프가 지도와 나침반의 역할을 해 주었지만 원정대가 깨어진 후 프로도는 '호빗의 소박한 분별력'을 갖춘 충직한 샘과 믿을 수 없지만 지리에 밝은 골룸을 좌우에 대동하고 거악의 소굴로 향한다. 그러나 그들의 행로를 마음 졸이며 따라가면서도 이야기 밖에 있는 우리에게는 우리의 필요와 욕구에 맞춤한 별도의 길잡이가 필요할 것이다. 이 책이 그러한 길잡이가 되기를 바란다.

이 책을 번역하면서 일부 용어들과 인용문에 대해 기존 번역과는 다른 번역을 제시했다. 기존 번역의 수고를 감당한 역자들, 번역의 일관성에 신경 쓸 수밖에 없는 편집진, 그리고 새로운 번역에 불편을 느낄 수도 있을 독자들께 미안한 마음이다. 그렇지만 "길은 끝없이 이어지네."라는 빌보의 도보 여행 노래의 한 구절처럼 번역도 끝없이 이어질 길이라는 생각에서 시도해 보았다. 다만, 두드러지고 중요한 경우에 한해서만 비교·대조를 위해 기존 번역을 각주로 제공하고, 역자 나름의 글 감각에 따른 차이들에 대해선 기존 번역을 따로 표시하지 않았다. 기존 번역은 아르테 번역본 1판(2021)을 기본으로 하되 씨앗을 뿌리는 사람들의 번역본도 부분적으로 참고했다. 끝으로, 번역 원고를 꼼꼼히 검토해 좋은 수정 의견을 제시해준 MW 님과 만만찮은 편집의 수고를 감당해 준 편집진에게 고마움의 뜻을 표한다.

2022년 3월
김 번

저자 서문

Brian Sibley

골목쟁이네 빌보는 지도를 무척 좋아했다. 골목쟁이집 넓은 현관에는 "자기가 좋아하는 산책로들을 붉은 잉크로 표시한" 주변 지역의 큰 지도 하나가 걸려 있었다고 한다. J.R.R. 톨킨도 지도를 무척 좋아했고, 지도는 가운데땅의 역사를 기술하는 데 중요한 일익을 담당할 것이었다.

모든 지도에는 무언가 매혹적인 게 있다―아마도 그것은 지명(地名)들에 어린 낭만이거나 상징들의 신비일 것이고, 어쩌면 '당신의 현 위치'나 '거기로 가는 법' (혹은 빌보가 말했을 법한 대로, "그곳으로 그리고 다시 이곳으로")―을 알 때의 마음 든든함처럼 사물들의 위치에 관한 애타는 궁금증에 대한 답을 손에 쥐는 느낌일 수 있고, 혹 심지어는 세상의 어느 먼 구석을 조감하는 기회일 수도 있으리라.

지도는 시간 속 매우 특수한 순간의 기록이자 수 세기에 걸친 역사, 지리 및 언어의 결산인지라 모든 지도는 지도 작성자가 지닌 지식의 한계를 도면에 표시한다. 최초의 지도들에서 아직 탐사되지 않은 지역들이 공란으로 남겨지거나 '여기에 용들이 있다.'와 같은 경고로 표시되는 것은 그 때문이다. 물론, 어떤 지도들에서는 그 같은 정보가 과연 정확했을 수도 있다. 어쨌든 스로르의 지도를 봤을 때 빌보는 빨간색으로 명확히 표시된 용 스마우그가 외로운산 위로 나는 것을 보았으니까!

사람들이 주위 세계에 대한 지도들을 만들어 온 이래로 그들은 또한 상상의 세계들에 대해서도 지도를 만들어 왔다. 에덴에서 지옥까지, 유토피아에서 네버랜드까지, 걸리버가 여행길에서 발견한 섬들에서 짐 호킨스의 보물섬까지, 오즈와 나니아에서 디스크월드까지. 사실상, 상상력이 풍부한 지도 작성자에게 너무나 공상적인 곳이란 없었던 것이다.

J.R.R. 톨킨이 지도 작성에 매료된 초기 사례를 그가 1차 세계 대전 중 프랑스에서 만든 허구적이지 않은 실제 지도에서 볼 수 있다. 옥스퍼드 대학교에서 언어학을 전공한 대학원생 톨킨은 솜므 전투에서 적진 참호들을 도표로 나타냄으로써 지도 작성의 솜씨를 내보였는데, 거기에는 말끔한 필치로 그려낸 도로, 통로, 참호와 철조망을 나타내는 여러 줄의 빨간색 작은 십자표들이 곁들여져 있다.

참호열 때문에 이 전쟁(그의 절친한 친구 둘과 함께 같은 세대의 수많은 젊은이가 죽었던)에서 후송되었을 때 톨킨은 하나의 야심찬 문학적 기획에 착수했으니 그것은 소박하게도 잉글랜드에 바치고자 했던 신화 창조의 대업이었다. 톨킨은 파란색 연필을 들고 아주 평범해 보이는 공책의 표지에다 『잃어버린 이야기들의 책』이라는 제목을 쓰고, 그 속의 쪽들에서는 종국에 가서 『실마릴리온』이 된 첫 전설을 쓰기 시작했다.

자신이 '가운데땅'이라고 부른 것 속에 배치된 이야기들이 전개되어 간 방식을 돌이켜 보며 톨킨은 말하기를, "언제나 나는 '발명하는' 것이 아니라 이미 '거기' 어딘가에 있던 것을 기록하는 느낌이 들었다."라고 했다. 이런 과정—분주한 학문적 생활 속에서 어렵사리 마련한 여가 시간을 죄다 잡아먹었던—을 따라가다가 톨킨은 그의 첫 허구적 지도들 중의 하나를 '기록'하게 되었다.

그것은 리즈 대학교 시절(톨킨이 1920년에서 1925년까지 영어학 강사를 지냈던)의 시험지 한 장에 그려진 것으로, 지도의 상단 왼쪽 구석에는 '이 여백에는 쓰지 마시오.'라는 인쇄된 글귀가 있었지만 물론 지도 작성자 톨킨은 그것을 거들떠보지도 않았다! 아닌 게 아니라, 그가 1937년에『호빗』을 출판했을 때 그 속의 두 지도 모두에는 분명 영어나 룬 문자로 쓰인 글이 담긴 왼쪽 여백들이 있었다!

비록 "골목쟁이네가 길을 헤매다 흘러든 세계"가 훨씬 이후의 시대이긴 했지만 사실상『실마릴리온』의 가운데땅과 꼭 같은 곳임을 톨킨이 깨달은 것이 그가 골목쟁이네 빌보의 모험을 자기 아이들에게 들려준 다음임에도 불구하고, 가운데땅의 완전한 '발견'에 중요로운 실마리를 제공한 것은 바로『호빗』이었다.

톨킨은『호빗』을 위한 삽화를 손수 그렸을 뿐만 아니라 그에 더해 두 개의 지도도 만들었다. 하나는 스로르의 외로운산 지도의 복사본이고, 다른 것은 '야생지대', 즉 황무지 변경 너머의 땅을 그린 것으로 안개산맥, 안두인대하, 옛숲길, 어둠숲, 스마우그의 폐허 및 (화살표로만 표시된) 철산의 저편이 포함된 것이었다.

철산도 결국에는 톨킨이 '새로운 호빗' 쓰기에 착수했을 때 그리기 시작한 다른 지도들에서는 보이게 될 것이었다. 달리는강이 흘러드는 룬해(海), 빌보와 그가 양자로 삼은 조카 프로도가 사는 호빗골을 아우르는 샤이어 및 야생지대 남쪽의 모든 지역도 이후에 추가되었다.『호빗』의 후속작이『반지의 제왕』으로 되어 가는 데는 12년이 걸릴 것인 바, 톨킨에게 그 작업은 끊임없이 여러 발견들을 이루어 가는 하나의 탐색 여정이었다.

빌보의 마법 반지가 처음에 얼추 생각되었던 것보다 훨씬 더 의미심장한 인공물일 뿐만 아니라 서사에 인물들이 계속 들어오면서 그들에 대한 서술이 요구되기도 했다. 프로도가 브리에 당도하여 '성큼걸이'와 조우했을 때 톨킨조차도 처음엔 그의 출신을 확신하지 못했으며, 이후 파라미르가 프로도와 마주쳤을 때 톨킨은 자신의 이야기를 위한 새로운 중요한 인물 하나만이 아니라 그를 통해 곤도르 역사의 많은 부분도 발견했던 것이다.

지도라는 것이 필수 불가결해졌다. "엘론드의 저택에 지도가 많이 있었는데"라고 간달프는 피핀에게 말하거니와 톨킨의 집에도 많은 지도가 있었는데, 그는 『반지의 제왕』을 집필할 동안 간단없이 그것들을 참조했다. 그는 언젠가 이렇게 설명한 적이 있다. "만약 당신이 복잡다단한 이야기를 갖고자 한다면 힘들여서라도 지도를 만들어야 한다. 그러지 않으면 나중에 가선 결코 그 지도를 만들 수 없을 것이다."

가운데땅의 자세한 지도를 창조하려는 첫 시도는 톨킨이 가운데땅의 창조 이래 세 시대의 역사와 문화를 발굴해 연대기로 작성함에 따라 부단히 수정되어 갔다. 그 결과, 장소들이 자리를 옮기거나 개명되고 길들이 딴 데로 바뀌고 강들의 물길도 재조정되었다.

사실상, 이렇듯 반복적으로 수정되면서 지도가 여러 장이 되었기에 그것들을 아교로 한데 붙인 다음 그 위에 여러 새로운 난(欄)들이 풀로 붙여진 채 덧대기 종이들에 부착되기에 이르렀다! 크리스토퍼 톨킨(J.R.R. 톨킨의 아들이자 보조 지도 작성자)의 표현대로, 그것은 "하나의 이상하고 너덜너덜하며 매혹적이면서도 극히 복잡한 고도의 독자적인 문서였다."

가운데땅 지도들상의 지명들에 대한 영감은 톨킨의 문헌학 지식과 그가 창조한 언어들에 대한 매혹에서 나왔고, 거리가 리그(league), 펄롱(furlong), 엘(ell) 및 패덤(fathom)의 단위들로 측량됨에 따라 지명들에 예스러운 멋이 주어졌으며 또 인물들이 제공하는 서사적 기술(記述)에 의해 지명들에는 나름의 특색이 부여되었다. 예컨대, 원정대가 로슬로리엔을 떠날 때 켈레보른은 그들에게 다음과 같이 말한다. "내려가다 보면 나무가 한 그루도 없는 황량한 지대가 나올 거요. 거기서 강은 높은 황무지의 바위계곡 사이로 흘러가는데 결국 한참 더 가서 우리말로 톨 브란디르라고 하는 뾰족바위섬으로 인도할 겁니다."

그 어떤 것보다도 톨킨이 "현실감의 내적 일관성"이라고 밝힌 특성을 가운데땅에 부여하는 것은 그곳이 우리 자신의 세계와 맺는 밀접한 관계이다. 이 세계와 같이 거기서도 해는 뜨고 지고 달은 여러 위상들을 거치며 안개, 바람, 비와 눈이 수반되는 산, 숲, 평원과 늪이 있다. 오직 그 시대와 마법적 존재들과 현존하는 권능들만이 가운데땅과 우리의 대지를 갈라놓을 뿐이다. "나는 이야기의 사건을 순전히 가상적인 (그렇다고 해서 불가능하진 않은) 까마득한 옛 시기로 설정했다."라고 톨킨은 말했다.

톨킨은 가운데땅의 생김새가 독자들에게 아주 중요하리라는 것을 깨달았지만, 그런 정보가 어떻게 책 속에 포함되게 되었을까? "나는 지도들 때문에 애를 먹고 있소."라고 1953년 4월에 톨킨은 출판업자에게 썼는데, 당시는 책이 3부 체제의 출판을 위해 최종 교정을 거치는 중이었다. "적어도 하나의 지도(이 경우에는 상당히 큰 지도여야 할 겁니다.)는 절대적으로 필수 불가결한데⋯⋯." 실제로 톨킨은 세 개의 지도를 싣고 싶어 했는데, 하나는 1부와 3부를 위한 샤이어의 지도였고, 또 하나는 2부와 3부를 위한 곤도르의 지도였으며, 마지막은 3부 전체를 위한 '전체적인 행동 무대에 대한 소축척의 개괄적인 지도'였다. 그는 이어서 말하기를, 이 지도들은 이미 준비되어 있지만 "재현하기에 적합한 형태가 아닌지라⋯⋯."라고 했다.

그럼에도 불구하고, 톨킨은 "그것들을 적절한 형태로 그려보겠다"라고 했고, 그는 이 작업을 색채 잉크와 색분필을 사용해 해내고자 했다. 하지만 그는 육 개월 후에도 여전히 안달하고 있었으며 출판업자에게 이렇게 썼다. "지도들 때문에 쩔쩔매고 있소. 실은 공황 상태에 빠졌소. 그것들은 필수 불가결하고 또 절박한 것이라오. 한데도 난 그것들을 해낼 수가 없소. 난 그것들에 엄청난 시간을 들였지만 쓸 만한 결과는 없었소. 원고 독촉에다 재능 결핍이 어우러진 때문이오. 또한 이야기에 기술된 '샤이어'의 형태와 비율은 (나로서는) 한 쪽의 크기에 맞게 만들 수가 없고 또 그런 크기로는 필요한 정보를 담을 도리가 없소. …… 난 지도들이 제대로 만들어져야만 한다고 생각하오. …… 설사 비용이 좀 들더라도 본문 내용의 찾아보기에 불과한 것 이상을 제공하는 그림처럼 생생한 지도들이 있어야만 하오. 난 본문에 합당한 지도들을 만들 수 있었소. 나를 질리게 만든 건 어떤 이름들도 제대로 나타날 수 없게끔 그것들을 너무나 작은 축척으로 줄이고 모든 색채(말에 관한 것이든 그 외의 어떤 것이든)를 제거하여 앙상한 흑백으로 격하시키려는 처사였소."

1954년(1부와 2부)과 1955년(3부)에 출판된 『반지의 제왕』에 실릴 최종적 지도 형식을 마련한 이는 결국 크리스토퍼 톨킨이었다. 골목쟁이집에 걸린 것처럼 짙은 선(線), 붉은 잉크로 표시된 이름들 그리고 산맥, 구릉, 나무, 늪지 및 성채 들을 그림처럼 재현한 이 지도들이 독자들을 위한 가운데땅의 첫 길잡이가 되었다.

안개산맥의 봉우리들을 지그시 쳐다보면서 난쟁이 김리는 이렇게 말한다. "내겐 지도가 필요 없소. …… 전에 딱 한 번밖에 본 적이 없지만 난 저곳을 대번에 알아볼 수 있소. 이름까지 기억하지요……." 그러나 그렇지 못한 우리에게는, 이 지도들—존 하우가 그 느낌을 환기하는 장식들과 더불어 다시 그려 낸—은 이름들과 장소들을 생각나게 하고 또 우리가 첨부된 약호들의 도움으로 J.R.R. 톨킨의 책들에서 언급된 상당수 주요 사건들의 위치를 파악할 수 있게 해 줄 것이다. 하지만 우리가 꼼꼼히 살피든 혹은 그냥 벽에 걸어 두든, 이 지도들은 (그것들의 기반이 된 지도들처럼) 가운데땅이라는 영속적으로 매혹적인 영역으로 들어가는—혹은 아마도 되돌아가는—하나의 길이다.

브라이언 시블리

THERE AND BACK AGAIN
About the Map of
The Hobbit

그곳으로 그리고 다시 이곳으로
『호빗』의 지도에 관하여

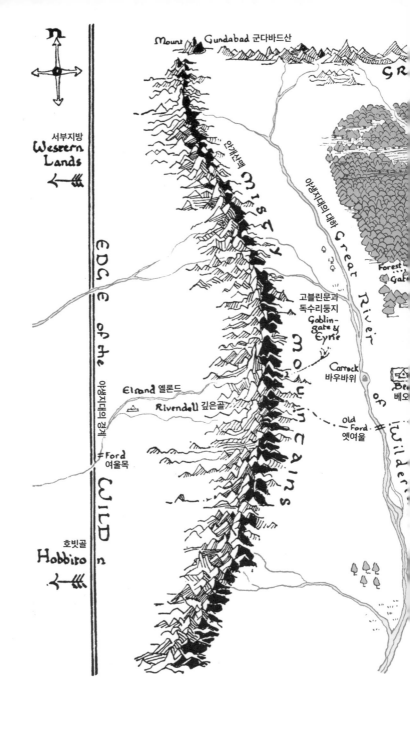

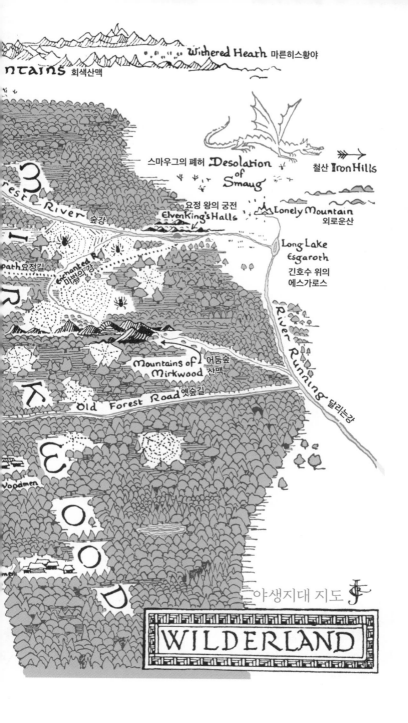

East lie the
where is

The
Lonely
Mountain

Here of old was
King under the

산아래의 왕 스라인이
옛날 여기에 살았다

북쪽 멀리 회색산맥과
용들이 살던 마른히스황야가 있다

Far
to the North
are
the Grey Mountains
the Withered Heath
whence came the

Great Worms.

Thror's Map

스로르의 지도

West lies

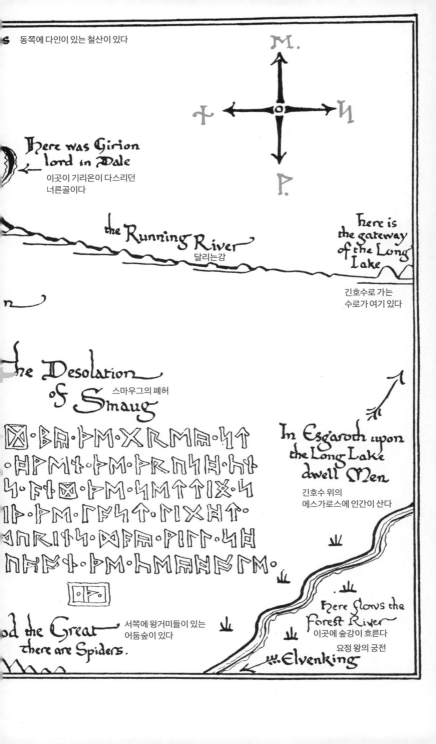

그곳으로 그리고 다시 이곳으로
『호빗』의 지도에 관하여

J.R.R. 톨킨의 책 『호빗』은 그 제목부터가 누구에 관한 것인지를 정확하게 일러 주고, 부제―'그곳으로 그리고 다시 이곳으로'―는 시작부터 바로 이 책이 여행 이야기가 될 것임을 일러 준다. 그 여행은 길고, 짜릿하고 고도로 위험하다는 것이 드러나는데, 그 도중에 문제의 호빗 골목쟁이네 빌보 씨는 난쟁이들, 요정들, 고블린들, 트롤들, 야생 늑대들, 거대한 거미들 그리고 불을 내뿜는 무시무시한 용을 맞닥뜨린다. 전체적으로 보면, 지도 없이는 결코 착수해선 안 되었을 종류의 일일 텐데, 아마도 바로 그 점이 골목쟁이네의 여행에 대한 이야기 집필을 마치기 오래전에 톨킨이 그 지도를 이미 그리고 있었던 이유를 해명해 줄 것이다.

그 지도와 그 여행 이면의 이야기는 옥스퍼드 대학교 앵글로색슨어(고대 영어―역자 주) 교수 J.R.R. 톨킨이 시험 답안지를 채점하고 있던 1930년대 초반의 어느 시점에 시작되었다. 갑자기, 어디선지 모르게 몇 개의 낱말이 그의 머리에 떠올랐다. 그 당시 그는 그 낱말들이 무엇을 뜻하는지 몰랐지만, 하여튼 그는 응시생 하나가 공란으로 남겨 둔 한 장의 답안지 위에 그것들을 휘갈겨 적어 두었다. "땅속 어느 굴에 한 호빗이 살고 있었다."라고 그는 썼다.

그 호빗이 누구이고 자신은 그를 어떻게 할 것인지를 톨킨이 생각하는 데 얼마간의 시간이 소요될 것이었지만, 마침내 그의 마음속에 하나의 모험이 펼쳐지기 시작했고 그것은 그대로 기록되었다. 그 책의 첫 장, 「뜻밖의 파티」가 될 글에서 저자는 샤이어의 언덕 위

안락한 호빗굴 골목쟁이집에 사는 아주 넉넉한 살림의 호빗 골목쟁이네 빌보 씨를 소개했다.

톨킨의 말에 따르면, 호빗은 "체구가 우리의 절반쯤 되고 …… 작은 종족이(었)다". 체질적으로 배가 뚱뚱한 데다 수염은 없지만(난쟁이들과는 달리) 머리뿐 아니라 발에도 곱슬곱슬한 갈색 털이 수북이 자라 (또 가죽 같은 발바닥이 있어) 신발을 신는 법이 없었다. 호빗은 선명한 색깔의 옷을 입고 재간 있어 뵈는 갈색 손가락들, 선량한 얼굴 및 '깊고 풍부한 웃음소리(가능하면 하루에 저녁을 두 번 먹고, 식사 후에는 큰 소리로 웃는다.)'를 지녔다.

정상적인 상황에서는 골목쟁이네 빌보가—혹은 어떤 다른 호빗도—모험과 같은 어떤 파열적인 일을 찾아 나설 만한 유인(誘因)이란 게 전무했을 테지만, 어쨌든 드디어 하나의 모험이 그를 찾아왔다는 것이 이내 분명해졌다. 그의 동그란 앞문을 통해 열셋의 난쟁이들과 블라도르신이라는 이름의 마법사가 들이닥친 것이다.

『호빗』을 읽었지만 "블라도르신"이란 이름의 마법사를 기억하지 못하는 이들을 위해 톨킨이 나중에 그 인물을 "간달프"—원래는 난쟁이 우두머리에게 부여한 이름이었는데 나중에는 그 우두머리를 "소린"으로 명명했다!—로 부르기로 결정했다는 설명이 필요하겠다.

간달프는 높고 끝이 뾰족한 푸른 모자, 회색 망토와 은색 스카프 차림에 기다란 흰 수염을 지닌 기묘한 노인이었다. 빌보는 그를 용, 고블린, 거인 등속에 대한 신기한 이야기를 들려주고 놀랄 만한 불꽃놀이와 비범한 선물들—일례로, "저절로 조여져 명령을 받을 때까지 풀어지지 않는 마술 다이아몬드 단추" 같은—을 가지고 샤이어를 방문하곤 했던 떠돌이 마법사로 기억했다. 빌보가 (그리고 아마 톨킨도) 채 몰랐던 건 간달프가 참으로 대단한 마법사라는 점이었다.

난쟁이들에 대해 말하자면, 그들이 놀라운 손님들이라는 것이 드러났다. 맨 먼저 도착한 이는 황금빛 혁대 속에 푸른 수염을 쑤셔

넣은 드왈린이었고, 다음은 흰 수염에 늙어 보이는 난쟁이 발린이었으며 그다음엔 은빛 혁대와 노란 수염의 킬리와 필리였고 도리, 노리, 오리, 오인과 글로인, 비푸르, 보푸르 및 "엄청나게 무거운 뚱보" 봄부르가 그 뒤를 따랐다. 마지막이지만 결코 가볍게 여겨선 안 될 인물이 "엄청나게 중요한 난쟁이" 위대한 참나무방패 소린이었다. 곧 소린의 은색 술 달린 하늘빛 푸른 두건이 푸른색 둘, 자줏빛 둘, 노란색 둘과 암녹색, 연녹색, 붉은색, 회색, 갈색 및 흰색의 다른 두건들과 함께 빌보의 현관에 나란히 걸리게 되었다.

빌보의 가산을 거덜 낼 만큼 엄청나게 먹어 치운 후, 난쟁이들은 오래전 대장장이로 활동했던 선조들에 대한 이야기와 노래로 그 호빗을 즐겁게 해 주었다. 땅속 깊이 움푹 꺼진 회당에서 난쟁이들이 받침 달린 잔과 황금 하프를 조각하고 보석 장식의 칼자루가 달린 칼을 벼리고 꽃처럼 피어나는 별들이 실에 꿰어진 은목걸이와 용의 화염이 매달린 왕관을 만드느라 귀금속들을 꼴 짓고 세공할 때 모루를 내려치는 쇠망치 소리가 낭자하게 울려 퍼졌었다.

마침내 빌보는 이 뜻밖의 파티의 진짜 이유를 알아챘다. 소린과 그의 열두 동료들은 끔찍한 용 스마우그(혹은 톨킨이 처음 부른 이름으로는 프리프탄)가 훔쳐 내고선 지금 엄중히 지키고 있는 선조들의 보물을 되찾을 심산으로 동쪽 저 멀리 외로운산으로의 긴 여행—강과 산을 넘고 숲과 삼림을 헤쳐 가는—에 나설 작정이었던 것이다. 하프, 플루트와 드럼의 장단에 맞춰 난쟁이들은 자신들이 나서야만 할 여행에 대해 노래했다.

차가운 안개산맥 너머
깊은 지하 감옥, 오래된 동굴로
동이 트기 전에 떠나자.
오랫동안 잊혔던 황금을 찾아서.

빌보는 난쟁이들의 노래를 경청하면서 자신이 낯선 달 아래의 어두운 땅으로 휩쓸리는 듯한 기분을 느꼈다. 다음 순간, 대체 무슨 일이 벌어지고 있는지 채 알지도 못한 상황에서 모험심과 담을 쌓은 골목쟁이네는 간달프가 자신을 좀도둑에 천거했으며 자신이 모험 원정에 나설 것이란 걸 알아냈다.

지도가 끼어드는 것이 바로 이 대목이다. 간달프는 지도를 만든 이가 소린의 조부 스로르였다는 것을 설명한 다음 양피지 위에 그려진 그것을 (복잡하게 생긴 열쇠와 함께) 참나무방패 소린에게 건넸다. 거기엔 외로운산이 표시되어 있었고, 스마우그(붉은색으로 그려진)가 그 위로 날아오르고 또 다른 용이 종이를 가로질러 나무 그루터기들이 용의 화염에 불타 시커멓게 된 지역 '스마우그의 폐허'를 향해 꿈틀대며 나아갔다.

처음엔 소린과 그의 동료들도 알지 못했지만 그 지도는 그 산의 약도에 불과한 게 아니고 그 열쇠를 이용해 안으로 들어가는 방법도 알려 주었다. 톨킨은 이 지도를 자신의 이야기 속에 끌어들이자마자 그 그림을 그리기로 결심했다.

『호빗』은 결코 출판을 염두에 둔 것이 아니었다. 톨킨은 그것을 연속물로 써서 차 마시는 시간 이후의 겨울 저녁 무렵에 세 아들에게 읽어 주었다. 그렇게 하면서 그는 빌보와 나머지 인물들을 마법의 권능을 소지한 기괴한 생물들이 우글대는 놀라운 땅으로 데려갔다. 실제로 그들은 빌보의 안전한 마을, 물강건너호빗골을 떠나자마자 얼간이 같지만 피에 굶주린 트롤 무리와의 위협적인 만남 속으로 곧바로 뛰어들었다.

이 위태로운 시작 이후 간달프는 꾸불꾸불한 길을 따라 곱드러지고 주르르 미끄러져 내리기도 하는 아슬아슬한 경로를 거쳐 깊은골의 평화로운 계곡으로, 그다음에는 격류의 강 위에 놓인 작은 다리를 건너 최후의 아늑한 집으로 빌보와 난쟁이들을 이끌었다. 그 집의 주인 엘론드가 경이로운 비밀을 발견한 것은 하지(夏至) 전날 밤 바로 그 깊은골에서였다. 스로르의 지도에는 룬 문자의 일종인 달 문자들이 담겨 있었는데, 그 문자들을 읽으려면 그것들이 쓰였던 날의 달(月)과 모양과 시기가 똑같은 달의 흰빛에 그 지도를 비춰 보아야만 했다. 엘론드는 그 오래된 지도를 은빛 초승달을 향해 들어 올려 룬 문자들을 읽고서야 그 숨겨진 전언을 밝힐 수 있었다…….

마침내 여행자들은 깊은골을 떠나 언덕들을 위아래로 넘나들며 우리 주위의 세계만큼이나 현실성 있어 보이는—그렇지만 물론 보다 마법적인—세계를 헤치며 본격적인 모험을 시작했다. 그 세계의 지리는 그 자체로 짜릿한 자극들을 지녔다. 번개가 어둠을 찢고 거대한 바위 거인들이 서로를 겨눠 크나큰 바위들을 내던지는 높고 바람 센 산 고개들이 있는가 하면, 추악한 몰골의 사악한 고블린들이 잠복한 산맥 아래 환기가 안 되는 통로들이 어지럽게 뒤얽힌 미로가 있으며, 훨씬 아래 칠흑의 어둠 속 얼음처럼 찬 호수의 진흙투성이 바위섬에는 골룸—목에서 꿀룩거리는 으스스한 소음을 내고 파리한 눈에 연신 쉭쉭거리는 믿을 수 없는 생물—이 살았다. 착용자에게 보이지 않는 권능을 부여하는 마법의 반지를 빌보가 우연히 습득한 곳이 바로 여기, 이 축축한 지하의 미궁에서였다.

골룸은 야생지대 변경 너머로 가는 여정 중에 빌보와 난쟁이들을 방해했던 (그리고 아주 가끔은 돕기도 했던) 많은 기이한 존재 중 하나일 뿐이었다. 놀랍도록 큰 머리에 심보 고약한 고블린 두목이 있는가 하면 불타는 두 눈에 이를 갈아 대는 사악한 늑대들 혹은 와르그들이 있으며 형제들과 함께 하늘에서 거대한 검은 그림자처럼 내려와 절망적인 위기에 처한 원정대를 돕는 독수리 왕도 있었다. 또한 공중에서 붕붕대고 윙윙거리는 벌들의 소리가 가득한 자기 집에 여행자들을 기꺼이 맞아들인 변신자[1] 베오른—어떤 때는 방대한 몸집의 검은 곰이고 어떤 때는 지체 높고 힘세며 검은 수염을 기른 인간이기도 한—도 있었는데, 거기서 그들은 예쁘장한 흰 조랑말들, 긴 몸체의 회색 개들 그리고 새카맣고 큰 숫양의 시중을 받았다.

그에 비해 대접이 소홀했던 건—특히 퉁방울눈에 털북숭이 다리의 역겨운 거미 떼가 쳐 놓은 어둠숲 속 거미줄들의 공포를 마주친 후였기에—여러 열매와 붉은 잎들로 엮은 왕관을 쓰고 자기 왕국을 무단 침입했다는 이유로 난쟁이들을 지하 감옥에 가두라고 명했던 요정 왕의 궁전이었다.

그들은 산과 숲을 넘어 먼저 긴호수 위에 나무로 건조된 큰 도시, 에스가로스(혹은 호수마을)에, 그다음에는 어둡고 고요한 외로운산에 당도했다. 그 산의 서쪽 사면에서 빌보와 난쟁이들은 스로르의 지도와 그 속 달 문자들의 전언을 길잡이 삼아 비밀 문과 스마우그의 굴로 내려가는 길고 뜨겁고 연기로 가득한 갱도를 발견했다. 스마우그는 날개를 접고 어마어마한 꼬리를 사리 튼 채 황금과 주옥(珠玉) 그리고 보석의 엄청난 더미 위에 누운 붉은 황금색의 용이었다.

빌보는 스마우그—그 자신이 최고 최대의 재앙이라고 부른—와 수수께끼식의 대화를 나누지만, 외로운산 속에 침입자들이 있으며 그들이 호수인간들로부터 도움을 받았다는 것을 알게 된 용은 격분한 나머지 훌쩍 날아가 에스가로스 마을을 공격했다. 그런데, 이야기의 가장 흥미로운 부분들 중 하나에 도달한 직후에 톨킨은 글쓰기를 멈췄다. 그는 자신의 아이들을 위해 그 이야기에 임시변통의 종결을 맺긴 했지만, 『호빗』의 집필은 더 이상 진척되지 않았다.

미완성 상태이긴 했어도 톨킨은 그 이야기를 스로르 지도의 그림과 함께 옥스퍼드 대학교의 몇몇 친구들에게 보여 주었는데, 그들

---

[1] "가죽을 바꾸는 재주가 있는 사람"(『호빗』 170쪽 — 역자 주)

중 하나가 조지 알렌 앤 언윈 출판사의 한 관계자에게 그것을 언급했다. 그 결과, 출판사 측에서는 타자기로 친 원고를 빌려 읽은 후 곧 톨킨에게 출판될 수 있도록 그 이야기를 끝맺어 달라고 권했다.

톨킨은 다시 작업에 착수해 용의 보물을 둘러싸고 난쟁이들이 에스가로스의 호수인간들 그리고 어둠숲의 요정들과 벌인 모진 언쟁에 대해 썼다. 다음으로, 그는 신속하게 이야기를 숨 막힐 정도로 짜릿한 절정으로 몰아갔고, 거기서 고블린, 늑대 및 와르그로 구성된 대규모의 비적(匪賊)이 외로운산을 공격하고 그 공통의 적에 맞서 난쟁이, 인간 및 요정이 합세해 싸워야 했던, 다섯 군대 전투로 알려진 가공할 쟁투가 벌어졌다.

1936년 10월, 기다리고 기다린 끝에 완성된 타자 원고가 양도되었다. 출판사 사장 스탠리 언윈은 자신의 어린 아들 레이너에게 그 책을 읽고 독후감을 써 보라고 부탁했고, 그는 자신의 독후감을 다음과 같은 의견으로 끝맺었다. "지도들의 도움이 있다면 이 책에는 삽화가 필요하지 않고, 좋은 이야기여서 5살과 9살 사이의 모든 아이들에게 호소력이 있을 것이다." 꼬마 언윈—열 살짜리였다!—은 이후 세계적인 베스트셀러가 된 책에 대한 자기 소견의 대가로 1실링(5펜스 상당)을 받았다! 레이너 언윈은 삽화가 없어도 무방하다고 여겼겠지만, 그의 아버지는 저자에게 여러 그림을 그리고 색칠도 해 줄 것을 부탁하기로 결정했다. 톨킨은 또한 룬 문자로 장식한 책 표지를 디자인했다. 이렇게 하여 『호빗, 혹은 그곳으로 그리고 다시 이곳으로』는 1937년 출간되었다.

거기엔 지도들도 있었다. 검은색과 붉은색으로 그려진 하나는 야생지대와 빌보의 모험이 일어난 장소들을 나타내는 것이었고, 다른 하나는 스로르 지도의 복사본인데 저자는 이것이 책의 첫 장(章) 가운데 간달프가 그 지도를 빌보와 난쟁이들에게 보여 주는 지점에 인쇄되기를 바랐다. 스마우그, 기명(記名) (스로르와 그의 아들 스라인의 첫 철자들을 표시하는 ⚡ 꼴의 룬 문자로 서명된) 그리고 비밀 문('D'에 상당하는 룬 문자 ⋈ 로 표시된)은 붉은색으로 인쇄되었다.

톨킨의 말로는, 이 룬 문자들—"지도를 무척 좋아했고" 또 "룬 문자와 글씨들 그리고 교묘한 필체 장난을 좋아한" 빌보의 상상력을 휘어잡았던—은 "원래 나무와 돌 또는 금속 표면에 새겨 넣거나 긁어서 쓰는 데 사용되던 옛 글자여서 형태가 가늘고 각이 져 있었다."라고 한다. 『호빗』의 출간 몇 년 후 그는 한 친구에게 보낸 편지에서 그 룬 문자들을 읽는 데 사용될 기호표를 제공했다. 여러분은 바로 여기서 톨킨의 그 편지를 (번역과 함께) 볼 수 있다.

톨킨 교수 　　　　매너가 3번지 　　　　매너가
머튼 칼리지 　　　　11월 30일 　　　　옥스퍼드
옥스퍼드 대학 　　　　일요일 　　　　전화: 47106

경애하는 파레르 부인 귀하.
　당연히 저는 귀하께서 소지한 『호빗』 책에 서명해 드릴 것입니다. 저는 그런 부탁을 영예로 여기는 바입니다. 그 책을 다시 구입할 수 있게 되었다는 것은 기쁜 소식입니다. 다음 책에는 그동안의 많은 질문들에 대한 대답으로, 룬 문자들과 여타 자모들에 관한 보다 상세한 정보가 담길 것입니다. 그 대작이 마무리되는 동안 저는 표지를 포함하여 『호빗』에서는 일부만 나타나는 영어의 룬 문자식 자모에 대한 난쟁이들 특유의 변환법을 해독하는 데 적절한 기호표를 드려 볼까 합니다. 지난 월요일 저녁은 매우 즐거웠고 곧 재경기가 있기를 앙망하나이다.
　삼가 아뢰었사옵니다.

J.R.R.톨킨

　비밀의 달 문자에 대해 말하자면, 톨킨은 그것이 '보이지 않는 글자'를 사용하여 인쇄되기를 바랐지만, 출판사는 그렇게 하면 비용이 너무 많이 든다고 생각했다. 해서, 결국 그 지도는 (달 문자가 완전히 눈에 보이는 채로) 책의 앞 면지(面紙)에 나타났다.
　『호빗』의 종결부에서 간달프는 빌보에게 다음과 같이 말한다. "자네는 아주 훌륭한 인물일세, 골목쟁이네. 그리고 나는 자네를 무척 좋아해. 하지만 이 넓은 세상에서 자네는 어떻든 아주 작은 친구에 불과하다네!"

그러나, J.R.R. 톨킨이 처음 "땅속 어느 굴에 한 호빗이 살고 있었다."라는 첫 행을 썼을 때 그는 그 세상이 그 얼마나 넓은지 깨닫지 못했었다. 비록 빌보의 모험이 펼쳐지는 땅에 붙여진 이름이란 게 고작 "야생지대"일 뿐임에도 불구하고, 분명코 그것은 톨킨이 1917년에 창조하기 시작했었던 가운데땅이라는 상상의 세계의 일부분이었다. 더군다나, 빌보의 일탈 행위들은 보다 야심적인 이야기의 서문에 불과한 것으로 판명되었으니…….

그 책이 대단한 성공을 거두자 출판사는 곧 톨킨에게 '호빗에 관한 또 다른 책'을 요구하고 나섰고, 그는 『호빗』 출간 3개월 후에 바로 그런 책을 쓰기 시작했다. 『호빗』은 「뜻밖의 파티」라 불린 장(章)으로 시작했고, 『반지의 제왕』이 될 새로운 책은 「오랫동안 기다린 잔치」라는 제목의 장으로 시작될 것이었다. 그리고 빌보는 자신의 111번째 생일잔치에서 마법의 반지를 사용해 사라진다.

그 반지는 『호빗』을 읽고 그 어떤 독자가 짐작할 수 있었던 것보다도 훨씬 더 강력하다는 것이 드러났다. 그것은 막강한 힘을 지닌 여러 반지 중 하나로 암흑군주 사우론(『호빗』에서는 "강령술사"로 언급되었던)이 가운데땅의 종족들—요정, 난쟁이 및 필멸의 인간—을 제압하기 위해 주조한 것이었다. 동시에, 이 반지는 다른 모든 반지들을 지배하는 절대반지였다.

빌보가 샤이어를 떠날 때 반지는 그가 입양한 조카이자 상속자인 골목쟁이네 프로도에게 넘어갔고, 프로도는 이내 또 다른 위태로운 모험에 휘말려 여정에 나서는 바, 이번 여정은 반지와 사우론의 권세를 파괴하기 위해 어둠으로 뒤덮인 모르도르의 땅을 향해 남쪽으로 가는 것이었다.

『호빗』과 마찬가지로 『반지의 제왕』에서도 지도들은 이야기의 중요한 부분이었다. 톨킨이 말한 대로, 이야기를 쓰고 난 후에 그에 맞는 지도들을 만드는 것은 불가능하기에 그는 이야기를 전개해 가면서 지도들을 만들고 개작하고 또 수정했다.

그렇게 마련된 지도들 덕분에 독자들이 골목쟁이네 빌보와 프로도의 여정—그곳으로 그리고 다시 이곳으로—을 따라가는 것이 가능하다.

THERE AND
BACK AGAIN:
THE MAP OF
THE HOBBIT

GREY MOUNTAINS
회색산맥

Mount Gundabad
군다바드 산

MISTY MOUNTAINS
안개산맥

Great River of Anduin
안두인 대하

Edge of the Wild
야생지대 변경

Western
Lands
서부지대

Hobbiton
호비튼

Grand
대협곡

Rivendell
깊은골

Goblin gate
고블린 관문

Old
Ford
옛여울목

Woodmen
숲사람들

Beorn
베오른
Carrock
바위마루

Forest
Gate
숲관문

Forest River
숲강

Enchanted
River
마법의 강

MIRKWOOD
어둠숲

Forest Elf-Path
요정의 길

Desolation of Smaug
스마우그의 폐허

Lonely
Mountain
외로운산

Elven-King's
Halls
숲요정의 궁전

Mountains of
Mirkwood
어둠숲의 산맥

Old Forest Road
옛숲길

Woodmen
숲사람들

『호빗』의 지도는 넷 중 제일 무늬나 장식이 번잡하지 않은 것이라 보다 큰 도해(圖解)의 자유가 허락되었다. 빌보의 거실 장면은 참 오래도 걸렸던 게, 난쟁이들을 그럴듯한 즉석 오케스트라로 내세우기 전에 어느 난쟁이가 어느 악기를 연주했는지를 파악하기 위해 그 책의 해당 쪽들을 샅샅이 뒤질 필요가 있었기 때문이다. 이 책의 표지 그림을 두고 당시의 톨킨 편집자는 내게 이렇게 말했다. "좋은데, 나는 문이 앞표지에 나오길 원해요. 그리고 기억하세요, 뒤에 엄청난 양의 원고가 있다는 걸. 제발 빌보는 넣지 마시고, 문은 열린 채로 둬요."

당신이라면 그런 말에 무슨 대답을 할 수 있겠는가? 나는 고분고분하게 톨킨 교수의 정면 현관 투시도가 실린 나의 『호빗』본을 꺼내 스케치 작업을 시작했다. 나는 또한 노르웨이의 중세 교회에 관한 스위스의 (3권짜리) 최대 전집을 갖고 있었는데, 이것이 나의 주요한 영감이었다. 가구의 일부는 우리 집에서 따온 것이고, (내게 살 돈만 있었다면 왼편의 걸상도 그랬을 텐데) 나머지는 아주 자연스럽게 자리 잡았다. 그 건전한 조언 덕분에 나는 내가 만족스럽게 여기는 그림들 중 하나가 된 것을 그려 냈다.

존 하우

주요 지명들

베오른의 집 BEORN'S HOUSE ● 높은 가시나무 울타리로 둘러싸여 넓은 나무 대문을 통해 들어갈 수 있는 길고 나지막한 목조 건물들로 집 한 채, 헛간들, 마구간들, 가축우리들 및 여러 줄로 늘어선 밀짚 벌통들을 아울렀다. 이곳이 숲 많은 검은 수염과 머리카락에 울퉁불퉁한 근육이 그대로 드러난 거대한 팔과 다리를 지니고 자기 모습을 곰으로 바꿀 수 있는 거인 같은 인간 베오른의 본거지였다. 이 집의 넓은 저택—밀초들과 중앙의 화로로 불을 밝힌—에서 베오른의 동물 시종들이 여행자들에게 음식과 사발에 담긴 꿀술을 대접했다.

바우바위 CARROK ● "언덕만큼이나 커다란 바위로 멀리 떨어진 안개산맥의 마지막 전초 기지 같은" 거대한 바위로 변신자 베오른이 붙인 이름. 그가 이것을 "내 바우바위"라고 부른 것은 자기 집 부근의 유일한 것인 데다 또 그것을 잘 알았기 때문이다. 실로 그 가파른 사면에 계단을 깎아 낸 이가 그였던 데다, 간달프는 어느 날 밤 거기에 앉아 안개산맥 쪽으로 지는 달을 지켜보며 곰의 언어로 울부짖는 베오른을 본 기억을 떠올리기도 했다.

스마우그의 폐허 DESOLATION OF SMAUG ● 외로운산 에레보르 주변의 땅. 용 스마우그에 의해 황폐화된 이곳에는 부러지고 새카맣게 타 버린 그루터기들 외에는 풀도 거의 없고 덤불이나 나무는 전혀 없었다.

요정길 ELF-PATH ● 빌보와 그의 동지들이 어둠숲을 헤쳐 나가느라 택했던 길. 나무둥치들 사이로 보일락 말락 구부러진 그 좁은 길을 마법의 강이 가로질렀다. "길에서 벗어나지 말게! 만약 벗어나면 십중팔구 그 길을 다시 찾지 못할 거고 어둠숲에서도 벗어나지 못할 걸세."라고 간달프는 경고했다.

요정 왕의 궁전 ELVENKING'S HALLS ● 거대한 돌문들로 방비된 궁전. (어둠숲의 가장자리 안) 그 속에 거대한 동굴이 하나 있고 거기서부터 수없이 많은 작은 동굴들이 땅 밑 저 아래 사방팔방으로 뻗쳐 굽이진 통로들과 넓은 방들로 이어졌다. 요정 왕이 난쟁이들을 감금했던 지하 토굴이 그런 땅속 깊은 곳이었고, 난쟁이들은 그곳에서 빌보의 도움으로 통을 타고 숲강을 따라 탈출했다.

마법의 강 ENCHANTED RIVER ● 검고 세찬 물줄기가 어둠숲의 어둠을 헤치고 흐르는 강. 베오른은 이 강에 "강력한 졸음과 망각"을 일으키는 마법이 걸려 있기 때문에 빌보와 그의 동지들에게 그 물을 마시거나 그 물에 멱을 감아선 안 된다고 경고했다. 이런 경고에도 불구하고 난쟁이들 가운데 봄부르가 강에 빠져 마법에 걸렸다.

에스가로스 ESGAROTH (호수마을 Lake-town) ● 많은 건물이 있고 호수 표면으로 내려가는 여러 계단과 사다리가 부설된 목재 부두들을 갖춘 마을로 긴호수의 바닥까지 박힌 높은 말뚝들 위에 건립되었다. 빌보와 난쟁이들이 요정 왕의 지하 토굴에서 탈출한 뒤 당도한 곳이 바로 이곳이었다. 추후, 호수마을은 용 스마우그의 공격을 받아 그가 토해 낸 무시무시한 불길에 의해 화염에 휩싸였다. 그렇지만 명궁 바르드가 쏜 단발의 화살에 스마우그는 불타는 마을 위로 추락해 파멸을 맞았다.

독수리둥지 EYRIE ● 독수리 왕과 그의 형제들이 고블린과 와르그 무리로부터 여행자들을 구출한 후 데려간, 안개산맥 동쪽 사면에 높이 솟은 거대한 바위 턱.

숲문 FOREST-GATE ● 두 그루 웅장한 나무—오래된 데다 온통 담쟁이덩굴로 덮이고 이끼가 매달린—로 된 아치형 문으로 두 나무가 서로 기대 어둠숲의 입구를 이루었다. 그 너머로 음침한

터널이 하나 있었는데, 거기서 요정길은 꾸불꾸불 구부러져 뻗다가 숲의 어두운 고요 속으로 자취를 감췄다.

숲강 FOREST RIVER ● 회색산맥에서 남동쪽으로 흘러 어둠숲의 북쪽 구역을 거치고 요정 왕의 궁전을 지나 긴호수로 흘러드는 강. 난쟁이들은 통 속에 숨은 채 이 강을 따라 에스가로스로 나아감으로써 감금되었던 요정 왕의 지하 토굴에서 탈출했다.

고블린문 GOBLIN GATE ● 안개산맥 동편에 위치한 고블린 왕국의 '뒷문'. 탈출로(위급할 경우)와 산맥 너머 땅으로의 출구라는 두 가지 용도로 세워졌으며 고블린들은 종종 약탈, 살육 및 노예 획득을 위해 산맥 너머의 땅으로 출타했다.

야생지대의 대하 GREAT RIVER OF WILDERLAND ● 회색산맥에서 남쪽으로 흐르는 강으로 『반지의 제왕』에서는 안두인강으로

불린다. 가운데땅의 역사에서 이 강의 중요성에 대한 이야기는
『반지의 제왕』에서 충실하게 기술된다. 이실두르가 사우론의
손에서 잘라 내 꼈던 절대반지가 그 손에서 벗겨져 사라진 것
이 바로 이 대하의 강물 속이었다. 그것은 후에 호빗처럼 생긴
데아골에 의해 발견되었고, 그는 그 반지를 원했던 친구 스메
아골에게 살해되었다. 스메아골은 그 반지를 자신의 '보물'이
라 부르면서 그것을 갖고 떠나 안개산맥 밑의 어두운 통로들 속
에 살았다. 당시엔 골룸이란 이름으로 알려졌던 스메아골이 또
한 번 마법 반지를 잃어버리고서 우연히 그것을 주운 골목쟁이
네 빌보를 맞닥뜨린 곳이 바로 거기였다.

회색산맥 GREY MOUNTAINS ● 빌보와 난쟁이들은 북쪽에 위치한
이 산맥에 전혀 가 본 적이 없었지만, 그래도 간달프는 그 비탈
들에 "고블린과 호브고블린, 그리고 가장 악질적인 오르크 들
이 득실거린다."라고 하면서 그들에게 그쪽으로 여행하지 말
것을 경고했다.

철산 IRON HILLS ● 서쪽의 자기네 땅이 용들에 의해 황폐해진 후
두린 가문의 난쟁이들이 정착한 곳. 다인은 이곳에서 출발해 5
백 명의 난쟁이를 이끌고 외로운산으로 가 다섯 군대 전투로
알려진 싸움에서 소린을 지원했다.

외로운산 LONELY MOUNTAIN (혹은 가운데땅의 지도들에서 명명되기로
는 에레보르 Erebor) ● 옛적의 난쟁이 영주 스라인에 의해 발견되
었다가 스로르와 그 일족이 먼 북쪽에서 쫓겨날 때 그들의 본
거지가 된 곳. 여기서 스로르는 산아래왕국의 왕이 되었고, 난
쟁이들은 달리는강의 강둑 주변에 거주한 인간들과 평화롭게

살며 산아래에서 발견된 황금과 보석들로 자신들의 상당한 재산을 더욱 불렸다. 난쟁이들은 대장장이로 일하면서 완구 시장으로 북부의 경이가 된 인근의 너른골 마을을 위해 대단히 아름다운 물건들과 경탄할 만한 노리개를 만들었다.

탐욕스럽고 강대하며 사악한 용 스마우그를 북부에서 내려오게 한 것이 바로 이러한 스로르의 거부(巨富)였다. 도망치지 않은 난쟁이들은 정문을 통해 기어들어 산 아래 보물로 가득 찬 궁전에 둥지를 튼 스마우그에 의해 멸절되고 말았다. 이따금 용이 모습을 드러내 너른골 마을을 공포에 빠뜨렸는데, 그 마을 사람들 중에서 수년 후 용 살해자, 명궁 바르드가 나올 것이었다. 난쟁이들, 어둠숲의 요정들 그리고 에스가로스의 인간들이 북부의 고블린들과 와르그들에 대항해 다섯 군대 전투를 벌인 것도 바로 이 문 앞에서였다.

긴호수 LONG LAKE ● 이 위에다 호수 사람들은 에스가로스의 호수 마을을 건설했다.

어둠숲 MIRKWOOD ● 대하와 외로운산 사이의 **빽빽한** 숲으로 빌보에 의해 "지켜보며 기다리는 듯한 느낌"을 주는 것으로 기술되었다. 숲문으로 들어간 여행자들은 키 큰 나무들이 즐비한, 정적에 싸이고 어두우며 숨 막힐 듯한 숲 사이로 난 요정길을 따라갔는데, 그 나무들 사이에 거대한 거미들이 끈적이는 두꺼운 실로 지어진 거미줄들을 뻗쳐 놓았다.

그들이 마법의 강을 건넌 후 나무들이 빙 둘러선 곳에서 숲 요정들이 노래와 하프 소리에 맞춰 잔치를 벌이는 것을 보다가 거대한 몸집에 추악한 몰골의 거미 떼로부터 공격을 받고 결국 사로잡혀 요정 왕의 궁전으로 끌려간 것이 바로 이 숲 속에서였다.

어둠숲의 남쪽 가장자리에는 한때 강령술사(후에 그 정체가 반지의 제왕으로 드러나는)의 요새였던 돌 굴두르가 서 있는데(이 지도에는 보이지 않지만 가운데땅의 지도에 나온다.), 참나무방패 소린의 아버지 스라인이 그곳의 지하 토굴에 포로로 갇혔다.

안개산맥 MISTY MOUNTAINS ● 북에서 남으로 뻗은 가운데땅의 거대한 산맥. 간달프, 빌보 및 난쟁이들은 깊은골에서 출발해

이 산맥을 넘으려고 했지만 악천후 탓에 실패했다. 그들은 폭풍우를 피해 어느 동굴에 머물렀는데, 알고 보니 그것은 산맥 아래의 고블린 왕국으로 들어가는 비밀 출입구였다. 일행은 고블린 병사들에게 붙잡혔지만 홀로 떨어져 있던 간달프가 마법의 불로 고블린들을 공격하고 또 자신의 칼로 고블린 두목을 죽였다. 뒤이은 싸움에서 친구들로부터 따로 떨어진 빌보는 미로 같은 통로들 속에서 길을 잃고 헤매던 중 어느 어두운 호수에 닿았다. 여기서 빌보는 골룸과 조우하고 우연히도 그 끈적끈적한 자의 '보물', 즉 착용자를 보이지 않게 만드는 마법의 반지를 습득했다.

참나무방패 소린의 할아버지 스로르가 고블린 아조그의 손에 죽은 것이 (이 지도에서는 보이지 않는) 이 산맥의 남쪽 지맥 밑 모리아 광산에서였는데, 이후 거기서 프로도와 그의 동료들이 『반지의 제왕』에 기술되는 필사의 모험을 하게 될 것이었다.

군다바드산 MOUNT GUNDABAD ● 북쪽에 위치한 고블린들의 수도. 용 스마우그가 살해되고 난쟁이들이 외로운산으로 돌아갔다는 것을 알자마자 고블린의 대병력은 신속 기동으로 외로운산을 강습해 난쟁이들의 보물을 탈취하고자 많은 비밀스러운 길을 통해 이곳으로 모여들었다.

옛여울 OLD FORD ● 바우바위 남쪽 80킬로미터 거리에 있는 대하를 건너는 여울.

옛숲길 OLD FOREST ROAD ● 안개산맥을 넘는 높은고개에서 이어진 큰길로 예전에는 옛여울에서 이 길을 따라 대하를 건넜다. 빌보와 난쟁이들이 동쪽으로 여행하던 때는 오르크들의 출몰 때문에 위험해져 통행할 수 없는 길로 버려진 상태였다.

깊은골 RIVENDELL (임라드리스 Imradris) ● 야생지대 경계 너머의 숨겨진 계곡으로 공기 속에 나무 향기가 감돌고 좁은 다리를 통해 최후의 아늑한 집으로 이어졌다. 여행자들이 안개산맥을 넘으려 출발하기 전에 휴식을 취한 곳이 깊은골이었고, 여기서 집주인 엘론드가 스로르의 지도 위에 쓰인 달 문자를 해독했다.

달리는강 RIVER RUNNING ● 외로운산에서 남쪽으로 흐르는 강. 『반지의 제왕』에서는 이 강의 요정어 이름인 켈두인이 나오며, 가운데땅의 지도들은 이 강이 룬해로 접어드는 것을 보여 준다.

마른히스황야 WITHERED HEATH ● 북쪽의 산맥 속에 거주한 두린 가문의 난쟁이들을 괴롭힌 용들의 본거지.

THE ROAD GOES EVER ON AND ON

About the Map of
Middle-earth

길은 끝없이 이어지네
가운데땅의 지도에 관하여

길은 끝없이 이어지네
가운데땅의 지도에 관하여

당신이 여행을 떠난다면 (특히 당신이 그 여행에서 어떤 모험을 준비하고 있다면) 당신에게 필요한 한 가지가 지도이다. 가운데땅의 지도는 J.R.R. 톨킨의 책들, 『호빗, 혹은 그곳으로 그리고 다시 이곳으로』와 『반지의 제왕』에서 기술된 많은 장소들을 보여 준다.

이들 이야기에 묘사된 대로 가운데땅은 놀랍고 아름다우며 신비로운 곳이지만, 또한 그곳은 때때로 추악하고 끔찍하며 위험하다. 꼭대기가 눈으로 덮인 산들이 우뚝 솟고 그 밑으로는 깊고 어두운 지하 통로들이 펼쳐진다. 마구 뒤엉켜 공기가 통하지 않는 숲들에는 어스름 속에 낯선 생물들이 잠복해 있고, 나무들 아래의 풀밭이 향긋한 내음을 풍기고 별 모양의 작은 황금색 꽃들이 점점이 박힌 삼림들도 있다. 높은 탑을 안은 성채들, 검은 철문의 요새들 그리고 호수 위, 나무 속 그리고 언덕 아래 세워진 마을들이 있는가 하면 저 멀리 동쪽에는 연기와 불, 음산한 어둠의 땅이 있다.

그렇지만, 실제로 골목쟁이네 빌보와 프로도의 모험이 시작된 것은 샤이어(지도의 상단 왼쪽에 보이는)라 불리는, 가운데땅의 '어느' 조용한 초록 구석이었다. 샤이어는 부드럽게 기복하는 언덕들, 산림들, 산울타리들, 농장들과 들판들 그리고 '물강'으로 불리는 굽이쳐 흐르는 강 하나가 있는 시골 땅이었다. 물강이란 이름은 여관들과 물방앗간들을 품은 고적한 작은 마을들에도 붙고 또 강변마을과 물강건너호빗골 같은 이름들에도 이어진다('강변마을'의 원어는 'Bywater'인데, 여기서의 강(water)은 물강을 가리킨다—역자 주).

호빗골 바로 위에 언덕이 서 있었고, 골목쟁이네 빌보의 정겨운 호빗굴, 골목쟁이집은 그 언덕 사면을 파고들어 지어졌다. 이 야릇하면서도 안락한 집에는 둥근 문 하나가 있고, 초록으로 칠해진 그 문의 한가운데에는 반들반들한 놋쇠 손잡이가 달려 있었다. 안쪽에서는 긴 굴 하나가 여러 방들로 이어지는데, 그 가운데 가장 좋은 방에는 정원을 넘어 건너편 풀밭들을 내다보는 깊게 팬 둥근 유리창들이 있었다.

샤이어에 사는 작은 몸집에 털북숭이 발을 지닌 대개의 호빗들처럼 빌보는 모험에 하등의 흥미도 없었다. 그가 모험을 가리켜 저녁 식사를 늦어지게 만드는 "불쾌하고 당혹스럽고 불편한 것투성이"라고 일갈했으니! 하지만, 어느 날 마법사 간달프가 열세 명의 난쟁이와 함께 '지도' 하나를 들고 찾아왔다. 그 지도에는 빌보가 생전 보거나 들은 적이 없는 장소들이 나타나 있었던 바, 한때 난쟁이의 것이었던 엄청난 양의 보물을 훔쳐 엄중히 지키는 용 스마우그가 이제 자신의 본거지로 삼은 외로운산(이 지도의 상단에 원래 이름인 '에레보르'로 표시되어 있는)처럼 야생지대 가장자리 너머의 저 먼 곳들이었다.

골목쟁이집 부근 어딘가에 용이 있다면 강변마을의 '푸른용 주막'뿐인 상황에서 진짜 용을 만난다는 생각에 겁나기도 했지만, 빌보는 자기 집을 떠나 난쟁이들의 보물 되찾기를 돕는 데 덜컥 응해 버렸다. 외로운산까지의 여정이 상당한 거리인 만큼 실제로 거기에 닿기까지 그들에게는 짜릿한—그리고 때로는 섬뜩한—일이 숱하게 닥쳤다. 나중에 드러나듯, 그중 가장 중요한 일은 빌보가 골룸이란 괴물을 조우해 마법적 권능의 반지를 '획득한' 것이었다⋯⋯.

칠십 년 이상의 세월이 지난 후 빌보의 조카 프로도가 호빗골에 살고 있을 때 간달프가 또 한 번 골목쟁이집에 나타났다. 이번에는 난쟁이들을 대동하거나 지도를 소지하지 않고 다만 불길한 소식만 갖고 왔다. 빌보가 발견한 반지는 단순한 마법 반지를 훨씬 뛰어넘는 위대한 힘의 반지였던 것이다.

암흑군주 사우론이 오래전 모르도르 땅 운명의 산의 불길 속에서 벼려 낸 그 반지는 가운데땅의 여러 족속에게 주어진 다른 반지들을 제압하도록 만들어졌지만 사우론의 눈의 비밀스러운 응시에서 오래도록 숨겨져 있었다. 한데, 이제 그는 절대반지가 사라진 게 아니라는 것을 알고 다시 반지를 찾아 쓸 것을 도모하고 있다.

앞길에 무슨 일이 닥칠지 모르는 가운데 프로도는 반지를 샤이어 밖으로 갖고 가는 일을 맡았고, 사촌들인 메리와 피핀 그리고 자신의 정원사 샘 감지와 함께 자기 삼촌이 모험을 시작할 때 잡았던 것과 똑같은 길로 여정에 올랐다…….

사방이 트인 길에서 곧 그들은 위험에 쫓기는데, 그들을 뒤쫓는 것은 암흑군주의 검은 충복 아홉이었다. 그들은 처음엔 말을 타다가 나중엔 가죽 같은 날개로 나는 거대한 야수를 탄 반지악령들이었다. 그러나 여행자들은 예기치 못한 다른 위험들도 겪었다. 묵은 숲의 어느 서늘한 강둑에서 그들은 알 수 없는 졸음에 휩싸였고 정신이 들고 보니 버드나무 영감이라 불리는 아주 오래된 나무의 갈라진 껍질과 어지럽게 엉킨 뿌리에 붙들려 감금되어 있었다. 또 고분구릉에서 그들은 안개의 바다 속에서 선돌들이 톱니꼴의 이빨처럼 불쑥 드러난 구릉지 가운데의 옛 무덤 속에 잠복한 으스스한 고분악령들을 맞닥뜨리기도 했다.

가운데땅을 헤쳐 가는 길은 날씨—안개와 연무, 바람과 비, 강한 눈보라와 모진 뇌우 그리고 극한의 더위와 추위—뿐 아니라 늪지, 수렁과 진창, 강, 호수 및 급류 그리고 도저히 기어오를 수 없는 거대한 산맥들처럼 나름의 장애물과 위험들을 안기는 지형지세 탓에 악전고투를 치러야 했던 여정이었다.

그런 산맥들 중에서도 안개산맥은 빌보와 난쟁이들에게 도저히 통과할 수 없는 장벽으로 다가들었다. 나중에, 가운데땅의 이 거대한 등마루는 프로도와 그의 동료들에게도 마찬가지로 위험한 것임이 판명되었다. 높은 고개들에 내려 쌓이는 눈 때문에 그들은 발길을 돌려 산맥 저 아래 난쟁이들의 옛 광산, 모리아의 이리저리 굽고 휘는 갱도를 헤쳐 지하의 더 어두운 행로를 잡아야만 했다.

미로 같은 모리아 광산을 거쳐 운명의 크하잣둠 다리에 이르든지 아니면 괴물 거미 쉴로브의 굴 속 악취 나고 거미줄 널린 통로들이나 유령산 밑 유령이 거하는 사자(死者)의 길을 헤쳐 가든지, 그런 지하 행로들을 택하려면 크나큰 용기가 필요했다. 그리고 가운데땅의 모든 길에는 저 멀리 운명의 산의 무시무시한 그림자가 드리워져 있었다.

그들의 길은 언덕을 넘고 땅 밑을 지나 넓고 탁 트인 평원들을 가로지르고 삼림과 숲들 속으로 난 수상한 소로들을 따라 이어졌던바, 그 하나하나가 빌보의 모험에서 그랬던 만큼 프로도의 모험에서도 중요한 역할을 하게 될 행정(行程)이었다. 로슬로리엔의 아름다운 삼림왕국에서 프로도와 그의 동료들은 서늘한 미풍과 감미로운 향기의 시간을 초월한 땅을 발견했는데, 그곳에서 요정들은 황금색 꽃들이 무겁게 실린 높은 말로른 나무의 가지들 속에 가설된 목재 좌대(座臺)들 혹은 시렁집들 위에 살았다. 그리고 그들은 로슬로리엔의 심부(深部)에 위치한 나무의 도시 카라스 갈라돈을 방문해 거기 구름처럼 무성한 어둑한 잎사귀들 아래 가운데땅에서 가장 웅장한 나무들의 거창한 가지들 속 높은 데서 켈레보른 영주와 갈라드리엘 귀부인을 만났다.

메리와 피핀은 프로도가 마주한 것과는 아주 색다른 삼림에 들어섰으니 나무들이 연초록, 진갈색 및 반드러운 흑회색으로 어렴풋이 빛나는 곳이었다. 지의류(地衣類)가 더덕더덕 매달린 나무들이 털북숭이 모양의 방대한 숲을 이룬 팡고른으로 거기서 젊은 호빗들은

4미터가 넘는 키에 회록색 나무껍질 같은 피부와 잔가지와 이끼가 무성한 수염을 지닌 트롤 형상의 장대한 엔트, 나무수염을 만났다.

깊은골과 묵은숲 언저리에 자리한 톰 봄바딜의 집이 그렇듯 로슬로리엔과 팡고른은 사우론의 어두운 권능이 발하는 공포로부터 안전한 피난처였다. 촛불과 내려뜨린 등불, 넓직한 수련의 수반(水盤)들이 그득한 가운데 톰의 아내이자 강의 신의 딸 금딸기가 자리한 톰 봄바딜의 길고 낮은 방에서 여행에 지친 호빗들은 흰 빵과 버터, 크림과 벌집, 치즈와 잘 익은 열매들을 느긋하게 포식했다.

톰 봄바딜은 숲과 물 그리고 언덕의 주인이어서 그의 집에는 어떤 악도 접근할 수 없었지만, 그런 보호를 갖추지 못한 다른 장소들은 다른 형태의 방어를 필요로 했다. 에도라스의 경우처럼 많은 곳들이 지형의 지리적 특성을 이용했다. 로한 기병들의 통솔자, 세오덴 왕의 황금궁전은 백색산맥 기슭의 외딴 작은 언덕 위에 자리한 데다 깊은 도랑과 꼭대기에 가시나무 울타리가 얹힌 강대한 벽으로 둘러져 있었다. 그리고 에도라스 북서쪽에는 헬름협곡의 언덕 위로 요새가 서 있었다. 헬름협곡은 6미터 높이의 석벽과 높은 망루 나팔산성을 품은 가운데 사방을 에워싼 벼랑에서 돌출한 거대한 암반 위에 세워졌다. 사루만이 부리는 오르크 대군(大軍)의 공격에도 불구하고 헬름협곡은 지켜졌고, 그 전투에서 영웅적인 무공들이 펼쳐졌다.

남쪽으로는 흰 성벽을 두르고 많은 탑을 거느린 곤도르의 성채, 미나스 티리스가 서 있었다. 민돌루인산에 붙은 언덕 위에 축조된 미나스 티리스는 일곱 겹의 강대한 성벽으로 에워싸였는데, 그중에서 가장 높은 것은 지표에 드러난—그 험준한 가장자리가 성문 위 21미터에서 높직한 만곡을 그리며 솟은—거대한 암석 위로 뻗쳐 나갔다. 투석기, 공성탑(攻城塔), 충차(衝車) 들을 동원한 사우론 군대의 포위 공격에 성문들은 허물어졌어도 미나스 티리스는 함락되지 않왔고, 서부의 군대들은 압도적인 중과부적의 전세에도 불구하고 펠렌노르평원 전투를 승리로 이끌었다.

자유민들의 이런 궁성들과 도시들과는 뚜렷한 대조를 보이는 것이 거대한 암흑 요새들이었다. 희미하게 빛나는 검은 이빨 모양의 암반과 암석으로 에둘리고 안개산맥의 마지막 봉우리에 기대어 축조된 아이센가드의 사루만의 요새 오르상크와, 시커먼 돌로 된 첩첩의 성가퀴와 누구든 한번 들어가면 다시는 나오지 못하는 철문으로 철통 방비를 갖추어 어림하기조차 어려울 만큼 강고한 암흑군주의 요새, 바랏두르가 그랬다.

이런 것들이 빌보와 프로도가 가운데땅을 관통하는 여정에서 여행했던 많은 비상한 곳들 중 일부이다. 프로도와 그의 동료들이 샤이어를 벗어나는 위대한 모험의 첫 걸음을 내디뎠을 때 프로도는 빌보가 오래전에 지은 노래 하나를 불렀다.

> *길은 끝없이 이어지네.*
> *문을 나서면 내리막길*
> *길은 저 멀리 아득히 끝 간 데 없고*
> *이제 나는 힘닿는 데까지 걸어야 하리.*
> *팍팍한 두 다리를 끌고,*
> *더 큰 길이 보일 때까지*
> *많은 길과 많은 일을 만나는 곳으로*
> *그다음엔 어디? 알 수 없다네.*

여러분도 이 지도와 그에 수반된 기호표를 이용해 그 길을 따라 J.R.R. 톨킨이 창조한 가운데땅의 산, 강, 호수 및 숲 들을 상상 속에서 따라갈 수 있다.

THE MAP OF
TOLKIEN'S MIDDLE-EARTH

가운데땅의 지도를 만드는 일은 세련된 형식의 지형적 고문이다……. 처음에 그 일은 아주 단순해 보이지만—기존의 지도 하나를 확대해 베끼고 약간의 장식과 색채를 추가하는 식으로—그건 어디까지나 처음의 착각일 뿐이다……. 아마도, 『반지의 제왕』에 실린 톨킨의 가운데땅 지도가 작업하기에는 가장 어려운 것일 텐데, 장식적인 것과 지리적인 것 사이의 균형을 취한다는 게 참으로 힘든 일이었다. 테두리의 켈트식 매듭 세공에 전념하느라 (여러분이 그렇듯이) 지도상의 장소 이름들에서 아주 많은 실수를 저지른 나머지 런던에서 나는 철자가 잘못된 낱말들을 긁어 내고 정확하게 다시 쓰면서 (통례의 백 번이 아니라 딱 한 번으로 그친 것에 감사할 따름인데) 속죄의 오후를 보냈다.

존 하우

주요 지명들

아몬 술 AMON SÛL ● '바람마루' 참조.

안두인강 ANDUIN, the Great River ● (사우론의 손에서 잘려 나간) 절대 반지가 아라고른의 조상 이실두르의 손가락에서 벗겨져 사라진 대하(大河). 데아골이란 이름의 호빗처럼 생긴 자가 오랜 후에 그것을 발견했지만, 스메아골이 그를 죽이고 반지를 차지했다. 스메아골은 이후 안개산맥 아래서 살았고 골룸이란 이름으로 알려졌다. 반지 원정대가 로슬로리엔에서 배를 타고 남쪽으로 갔을 때, 그들은 이 강을 따라 여행했고 골룸이 (통나무를 타고) 그 뒤를 쫓았다.

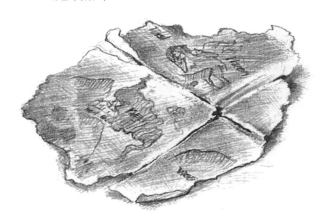

앙마르 ANGMAR ● 암흑군주 사우론의 심복, 나즈굴의 군주가 한 때 다스린 북부의 마(魔)의 땅.

바랏두르 BARAD-DÛR ● 암흑의 탑, 모르도르 땅의 사우론 요새로 반지전쟁 시기에 가운데땅을 통틀어 가장 강대했다. 암흑의 탑 에는 '잠들지 않는' 눈이 있었고, 절대반지가 파괴되지 않는 한 이 탑의 토대는 영속할 것이었다.

고분구릉 BARROW DOWNS ● 프로도, 메리, 피핀 및 샘이 안개에 갇혀 홀린 상태에서 두 개의 높은 선돌 사이로 무시무시한 고 분악령의 무덤들 속으로 들어갔던 곳. 그들은 톰 봄바딜의 도 움으로 이 위험에서 구출되었다.

브리 BREE ● 프로도와 그의 동료들이 '달리는조랑말' 여관에서 묵 었던 마을. 이곳에서 프로도는 무심코 반지를 꼈다가 사라졌 고, 여관 주인 머위네 보리아재는 프로도에게 간달프의 편지를 뒤늦게 전했으며 네 명의 호빗은 '성큼걸이'를 만났다.

브루이넨강 BRUINEN ● 브루이넨여울에서 동서대로와 만나는 큰 물소리강. 깊은골의 엘론드가 이 강의 상류를 통제했는데, 그 는 최후의 아늑한 집에 위험이 닥칠 경우 상류를 범람케 했다.

노룻골 BUCKLAND ● 프로도가 어릴 적 살았던 곳. 그가 여정에 나 설 무렵 찾아가는 척했던 것이 이 부근(크릭구렁의) 어느 집이었 다. 프로도와 그의 동료들은 노룻골로 가는 길에서 암흑의 기 사들에게 쫓기고 있다는 것을 처음 깨달았고, 부근의 끝숲에 서 길도르가 이끄는 요정들을 만났다. 그들은 추격하는 기사들을 피하기 위해 지름길을 잡느라고 농부 매곳의 땅에 무단 침입했지만, 그는 호빗들에게 손수 기른 버섯으로 입이 쩍 벌어질 식사를 대접했다.

카이르 안드로스 CAIR ANDROS ● 안두인강의 섬으로 미나스 티리스 북쪽에 있으며 반지전쟁 기간 중에는 한동안 모란논의 부대에 의해 점거되었다. 그 이름은 뱃머리가 높은 배 형상을 가리키는 '긴 거품 꼴의 배'를 뜻하고, 안두인강의 물결이 이곳에 부딪쳐 대단한 거품을 일으켰다.

바우바위 CARROCK ● 안두인강 속의 이 바위 근처에 변신의 양봉가(養蜂家) 베오른의 집이 있었고, 『호빗』에서 그는 자신의 넓은 목재 저택에서 간달프, 빌보 및 난쟁이들을 후하게 대접했다.

켈레브란트강 CELEBRANT (은물길강, Silverlode) ● 로리엔을 거쳐 흐르는 강으로 원정대는 안두인강으로의 여정에서 갈라드림의 도시를 떠나자마자 이 강을 따라갔다.

쳇숲 CHETWOOD ● 브리언덕 아래 삼림이 우거진 계곡으로 성큼걸이는 동서대로로 나설 경우 암흑 기사들의 추격 가능성을 피하기 위해 호빗들을 이곳으로 인도한다.

다고를라드 DAGORLAD (전투평원, Battle Plain) ● 사우론의 세력과 최후의 동맹의 대군 사이의 싸움터로 이곳에서 암흑군주가 타도되었지만 길갈라드와 엘렌딜도 죽음을 맞았다.

죽음늪 DEAD MARSHES ● 다고를라드 전투가 벌어진 옛 전장(戰

場) 서쪽의 늪지대. 골룸은 그 전투의 사자(死者)들이 묻혀 있고 그 시체들이 기괴한 인광(燐光)을 내뿜는 이 위험천만의 늪지를 통해 프로도와 샘을 이끌었다.

어둔내골짜기 DIMRILL DALE ● 원정대가 모리아 광산을 떠난 후 들어선 계곡. 켈레브란트강(은물길강)은 이곳의 거울호수(크헬레드자람)에서부터 로리엔까지 흘러내렸다.

돌 암로스 DOL AMROTH ● 임라힐 대공(大公)이 곤도르를 도우러 출동했던 연안(沿岸) 성채.

돌 굴두르 DOL GULDUR ● 어둠숲 남쪽 가장자리에 있던 사우론의 예전 요새. 암흑군주는 백색회의에 의해 이 탑에서 축출되자 모르도르로 달아났다. 그렇지만 이 요새는 반지전쟁 기간 동안 사우론 세력의 거점으로 남았다가 종국에는 갈라드리엘 귀부인이 이끈 로리엔의 요정들에 의해 파괴되었다.

동서대로 EAST-WEST ROAD ● 브리에서 브루이넨여울까지 이르는 동부대로.

에도라스 EDORAS ● 간달프가 황금궁전 메두셀드에서 처음 마크의 왕 세오덴의 원조를 청했던 로한의 도시. 사우론이 부상하고 사루만과 뱀혓바닥으로 알려진 세오덴의 고문 그리마 둘 모두의 배신이 드러나자 나중에 간달프는 왕을 다시 찾아가 대면했다. 에도라스 남서쪽의 구릉지에는 세오덴의 조카딸 에오윈의 보호 아래 마크의 부녀자들을 대피시킨 검산오름 요새가 있는데, 아라고른은 여기서부터 유령산 드위모르베르그 아래 사자(死者)의 길을 취했다.

에뮌 무일 EMYN MUIL ● 라우로스 폭포 위의 호수 넨 히소엘을 둘러싼 암반 지역. 원정대가 깨지고 난 후 프로도와 샘은 그 동쪽 비탈을 가로질러 죽음늪으로 가서 모르도르를 향한 여정을 시작했다.

에레보르 EREBOR (외로운산, The Lonely Mountain) ● 난쟁이들의 왕으로 이후 산아래왕국의 왕이 된 스라인의 예전 요새.『호빗』에서 빌보가 용 스마우그와 대화를 나눈 것이 이곳이었고, 또 이곳의 정문에서 요정, 인간 및 난쟁이들이 (베오른, 북쪽의 독수리들 그리고 한 호빗의 지원을 받아) 고블린 및 와르그들과 전투를 치렀다.

에레크 ERECH ● 아라고른이 펠라르기르에서 적 함대를 공격하기 전 맹세를 어긴 자들, 즉 사자(死者)의 군대와 한데 모인 언덕.

에레드 님라이스 ERED NIMRAIS ● 흰뿔산맥. 미나스 티리스에서 서쪽으로 뻗은 일련의 눈 덮인 봉우리들로 검산오름의 피난처들과 헬름협곡을 품에 안으며 밑으로는 사자의 길이 뻗쳤다. 미나스 티리스 위로 솟은 것이 민돌루인산의 거대한 봉우리였다. 북쪽으로 이 산의 자줏빛 그늘 밑에 고래(古來)의 사나운 삼림인 들로 동맹군을 도와 곤도르 공성을 깨트린 우오즈의 본거지 드루아단숲이 있었다.

에스가로스 ESGAROTH ● 긴호수 위에 건설된 호수마을.『호빗』에서는 빌보와 난쟁이들이 요정 왕의 궁전을 탈출한 후 이 마을을 방문했다. 이후 용 스마우그가 에스가로스를 공격해 파괴했지만 그 또한 명궁 바르드의 손에 살해되었다.

라우로스폭포 FALLS OF RAUROS ● 넨 히소엘호수 남쪽 끝의 폭포. 그 남서쪽 둑에 아몬 헨(눈의 산)이 있는데, 프로도는 그곳의 '안식(眼識)의 자리'[2]에 앉아 멀리 가운데땅을 가로질러 사우론의 암흑 탑까지 내다보았다. 근처의 파르스 갈렌에서 오르크들이 메리와 피핀을 사로잡고 보로미르를 죽임으로써 원정대는 깨어졌다. 프로도와 샘은 배를 타고 넨 히소엘을 건너 동쪽 에뮌무일로 들어갔다.

팡고른 FANGORN ● 메리와 피핀이 (오르크들에게서 도망친 다음) 나무를 돌보고 지키다 나무처럼 되어 버린 나무지기들, 즉 나무수염과 그의 동료 엔트들을 조우한 고래(古來)의 숲. 나무수염은 엔트 회의를 소집한 다음 엔트와 후오른의 무리를 이끌고 사루만의 요새 아이센가드를 들이쳤다. 아라고른, 김리 및 레골라스가 백색의 간달프와 재회한 것도 이곳의 나무수염의 언덕에서였다.

원하라드 FAR HARAD ● 근하라드와 더불어 남쪽 왕국을 이루며, 반지전쟁에서 사우론의 세력과 합세하여 올리폰트 혹은 무마킬이라 불리는 코끼리 같은 거수(巨獸)들 위에 탑재된 전쟁탑에서 싸운 호전적 종족 하라드림 부족들의 거주지.

켈레브란트평원 FIELD OF CELEBRANT ● 서쪽나라 사람들과 사우

---

2) 『반지의 제왕』(PART 2, 691쪽)에는 '눈의 망루'로 번역되었다 — 역자 주

론에게 충성을 다하는 동부인 사이에 벌어진 옛 전투의 터.

브루이넨여울 FORD OF BRUINEN ● 『호빗』에서 빌보와 난쟁이들은 트롤들을 상대로 엉뚱한 짓거리를 벌인 다음 이 강(『반지의 제왕』에서는 브루이넨 혹은 큰물소리강으로 불린다)을 건너 "야생지대의 경계"에 이르렀다. 간달프는 바로 여기서부터 흰 돌로 표시된 작은 길을 따라 그들을 엘론드의 저택 임라드리스로 인도했다. 이후 프로도가 안전한 깊은골을 찾아가는 필사의 도주 중 아홉 암흑 기사들의 추격에 쫓긴 곳이 바로 이 건널목이었다.

아이센여울 FORDS OF ISEN ● 로히림과 사루만의 부대 사이에 벌어진 격전의 터. 이곳에서 간달프는 전사한 마크 전사들의 매장을 지휘하고 생존자들을 모았다.

곤도르 GONDOR ● 가운데땅의 남쪽 왕국으로 제2시대에 서쪽나라 사람들 두네다인에 의해 세워졌다. 반지전쟁 동안의 수도는 미나스 티리스였다.

회색항구 GREY HAVENS ● 룬만 위의 항구로 반지의 사자들(프로도, 빌보, 간달프, 엘론드 및 갈라드리엘)은 이곳에서부터 마지막 여정에 올라 분리의 바다를 건너 불사의 땅으로 들어갔다.

헬름협곡 HELM'S DEEP ● 협류(峽流)에 의해 갈라진 골짜기 속의 방비된 피난처. 이전의 로한 왕 무쇠주먹 헬름 왕의 이름을 따서 지어진 이름. 이후, 나팔산성 요새는 아라고른, 레골라스, 김리 및 세오덴 왕의 조카 에오메르가 오르크 무리들을 격퇴한 헬름협곡 전투의 전장이 되었다.

높은고개 HIGH PASS ● 깊은골 동쪽에서 안개산맥을 넘어가는 길로 『호빗』에서 소린과 그 일행이 고블린들에게 사로잡힌 곳이 바로 이곳이었다.

호빗골 HOBBITON ● 브랜디와인강 건너편 샤이어의 한 호빗 마을. 언덕 위에 골목쟁이네 빌보와 프로도의 호빗굴, 곧 둥근 문들과 창문들이 달린 골목쟁이집이 있었고, 둘 모두는 거기서부터 모험에 나섰다. 언덕의 기슭에는 브랜디와인강이라 불리는 강이 하나 흘렀고, 부근에는 반지전쟁에서의 마지막 전투가 벌어진 강변마을이 있었다.

철산 IRON HILLS ● 『호빗』에서 다섯군대 전투에서 싸운 난쟁이 다인이 한때 근거지로 삼은 곳.

아이센강 ISEN, River ● '아이센여울' 참조.

아이센가드 ISENGARD ● 오르상크의 검은 바위 탑을 둘러싼 거대한 원형 암반으로 백색의 사루만—나중에는 다색(多色)의 사루만—의 성채. 사루만이 사우론의 동맹이 되었을 때 그는 동료 마법사 간달프를 이곳에 감금했다. 이후, 거대한 독수리인 바람의 왕 과이히르가 오르상크의 가장 높은 뾰족탑에서 간달프를 구출해 에도라스로 데려다주었다. 이 음산한 요새는 마침내 팡고른의 엔트들에 의해 파괴되었다.

아이센마우스 ISENMOUTHE ● 모르도르의 요새화된 고개로 이곳에서 프로도와 샘은 용케도 자신들을 우둔계곡으로 이송하는 오르크 부대로부터 탈출했다.

이실리엔 ITHILIEN ● 안두인대하와 모르도르의 산맥 사이의 지역. 프로도와 샘이 보로미르의 동생 파라미르를 만난 장소가 이곳이었고, 그는 그들을 '일몰의 창(窓)' 헨네스 안눈의 폭포 뒤에 있는 은신처로 데려갔다.

칸드 KHAND ● 모르도르 남동쪽의 왕국으로 사우론과 동맹을 맺은 인간 종족 바리아그들의 거주지.

외로운산 LONELY MOUNTAIN ● '에레보르' 참조.

로리엔 LÓRIEN (로슬로리엔 Lothlórien) ● 가운데땅에서 가장 키 크고 아름다우며 은색 껍질에 황금색 잎의 나무들이 자라는 요정들의 삼림왕국. 원정대가 눈을 가린 채 요정 할디르의 인도 아래 도착한 곳이 이런 나무들로 에워싸인 요정 도시 카라스 갈라돈이었다. 여기서 그들은 켈레보른 영주와 갈라드리엘 귀부인의 영접을 받았고, 갈라드리엘의 거울 (물로 채워진 돌 수반) 속에서 프로도와 샘은 로슬로리엔의 황금숲 너머 저 멀리서 일어나는 일들의 환영을 보았다.

각다귀늪 MIDGEWATER ● 동서대로 북쪽의 늪지대로 성큼걸이는 이곳을 거쳐 프로도와 호빗들을 바람마루에 이르는 길로 이끌었다. 변화무쌍한 수렁들이 한데 모인 각다귀늪에는 아주 작은 날벌레들이 득시글거렸다. "각다귀늪이라니!" 하고 피핀은 말했다. "물보다 각다귀가 더 많은걸 그래."

미나스 모르굴 MINAS MORGUL ● 예전 이름은 미나스 이실(떠오르는 달의 탑). 팔란티르들(천리안의 돌들) 중 하나의 소재지로 이후 사우론의 수중에 들어갔다. 골룸이 프로도와 샘을 거대한 거미 쉴로브의 줄이 쳐진 소굴로 이끈 것은 인근의 모르굴도로에서부터였다. 쉴로브가 지키는 통로는 원래 곤도르가 모르도르를 감시하기 위해 세운 탑 키리스 웅골로 이어졌다. 이곳에서 프로도는 쉴로브의 독침을 맞은 뒤 오르크들에 의해 감금되었다가 샘에 의해 구출되었다.

미나스 티리스 MINAS TIRITH ● 감시의 탑. 예전 이름은 미나스 아노르(지는 태양의 탑)이고 곤도르의 으뜸가는 도시. 그 일곱 겹 환상(環狀) 성벽 속에 왕궁과 엑셀리온의 백색탑을 아우른 성채가 서 있었고, 거기서 곤도르의 마지막 섭정이자 보로미르와 파라미르의 아버지 데네소르는 팔란티르('천리안의 돌')를 들여다보다가 사우론의 정신에 홀려 미쳐버리고 이 도시가 암흑군주에 의해 점령될 것으로 믿었다.

그러나 미나스 티리스는 포위 공격을 받긴 했지만 함락되진 않았다. 세오덴 왕이 전사한 펠렌노르평원의 전투에서 동맹군들은 모르도르의 군세에 맞서 그들을 격퇴시켰다. 에오윈은 (남자로 변장한 채) 나즈굴 군주의 탈것을 죽였으나 중상을 입었고 메리의 영웅적 행동 덕분에 간신히 죽음을 면했다. 부상자들은 치유의 집들에서 간호를 받았지만 데네소르는 아들 파라미르의 의식 없는 육신을 붙들고 화장용 장작더미에 불을 붙였다. 비록 간달프가 파라미르를 구하긴 했지만 데네소르는 그 불길 속에 죽었다.

모르도르의 몰락에 뒤이어 아라고른이 왕위에 올라 깊은골 엘론드의 딸 숙녀 아르웬과 혼인한 곳도 미나스 티리스였다.

어둠숲 MIRKWOOD ● 온통 담쟁이덩굴로 뒤덮인 묵은 나무들의 어두운 숲. 『호빗』에서 난쟁이들이 거미들의 공격을 받아 거미줄로 꽁꽁 묶인 것이 바로 이곳이었다. 빌보가 반지를 사용해 자기 몸을 보이지 않게 만든 덕분에 그들은 구출되었다. 그 남서쪽 가장자리에 돌 굴두르가 서 있었다.

안개산맥 MISTY MOUNTAINS ● 그 북쪽 지하에 『호빗』에서 빌보가 방문했던 고블린 마을이 있었다. 빌보가 골룸을 만나 절대반지를 습득한 것은 이 마을 아래의 통로들에서였다. 이 산맥

의 서쪽 사면에 독수리 둥지가 있었는데, 거기로 독수리 왕은
와르그들의 공격을 받은 빌보와 그의 동료들을 데려갔다. 이 산
맥의 남쪽 지맥에 카라드라스(붉은뿔), 켈레브딜(은빛첨봉) 및 파
누이돌(구름머리봉)의 거봉 셋이 솟았다. 반지 원정대는 붉은뿔
고개를 통해 산맥을 넘으려는 계획을 세웠지만 눈 때문에 무산
되고 말았다. 그들은 모리아의 문을 들어가 크하잣둠의 옛 난쟁
이 왕국을 헤쳐 가던 중 크하잣둠의 동문(東門) 가까이서 지상
에 올라 어둔내골짜기로 들어섰다. 간달프와 발로그 사이에 결
정적인 쟁투가 벌어진 것이 바로 켈레브딜의 가장 높은 봉우리
지락지길 위에서였다.

모란논 MORANNON ● 사우론의 패퇴에 뒤이어 제3시대 초엽에 곤
도르인들이 모르도르를 감시하기 위해 구축한 암흑의 성문. 이
것은 위압적인 아치 아래 굳게 닫힌 두 짝의 방대한 철문으로

유령고개, 키리스 고르고르로의 진입을 가로막았다. 간달프가 사우론의 입과 담판을 벌이고 아라고른이 모란논 전투를 위해 군사를 모은 것이 바로 쌍둥이 방어물—카르코스트(엄니 요새)와 나르코스트(불 이빨)로 종종 모르도르의 이빨로 불린다—로 감시되는 이 문 앞에서였다.

모르도르 MORDOR ● 공포의 검은 땅으로 암흑군주 사우론이 소유하면서 야기된 황무지에서 생긴 이름. 화산 암재(岩滓), 부서진 바위 및 메마른 흙의 둔덕들이 곳곳에 널려 있었다.

모리아의 문 MORIA GATE ● "말하라, 친구, 그리고 들어가라."라는 문구가 새겨진 두린의 문으로 간달프가 그 암호—"멜론", 즉 친구를 가리키는 요정어 낱말—를 말했을 때에야 원정대에게 열렸다. 이 문 앞에는 어두운 호수가 하나 있었고, 그 속에 촉수 달린 소름 끼치는 생물, 호수의 파수꾼이 은거했다.

어둠숲산맥 MOUNTAINS OF MIRKWOOD ● 이 산맥 근처, 숲강 위에 요정 왕의 궁전이 있었고, 『호빗』에서 빌보가 구출해 통을 타고 에스가로스로의 탈출을 도울 때까지 난쟁이들은 이곳에 사로잡혀 있었다.

님로델 NIMRODEL ● 안개산맥에서 흘러내려 켈레브란트강에 합류하는 개울. 원정대가 그 둑에서 휴식을 취할 동안 레골라스는 "폭포 위에 걸리던 무지개와 물거품 위로 피어오르던 금빛 꽃"을 회상하는 많은 옛 요정 노래의 주제가 님로델이란 것을 기억했다.

누른 NURN ● 사우론의 군대에 식량을 공급하기 위해 노예들이 일하던 경작지. 모르도르의 몰락 후 엘렛사르 왕은 노예들을 해방하고 그들에게 이 땅을 주었다.

누르넨 NÚRNEN ● 그 "검고 충충한 물" 속으로 모르도르의 강들 대부분이 흘러들어 간 내해(內海).

묵은숲 OLD FOREST ● 프로도와 그의 친구들이 버드나무 영감과 충돌했다가 톰 봄바딜에 의해 구출된 곳으로 톰은 그 후 아내 금딸기와 함께 자기 집에서 호빗들을 후하게 대접했다.

오로드루인 ORODRUIN (운명의 산, Mount Doom) ● 모르도르의 고르고로스 고원 위로 재와 불에 탄 돌이 한데 엉겨 방대한 덩어리를 이룬 불의 산. 사우론이 절대반지를 주조한 곳이 이곳의 삼마스 나우르(불의 방)였다. 프로도는 반지를 갖고 이 산 비탈의 운명의 산의 틈으로 갔고, 거기서 그와 골룸이 벌인 최종 쟁투 후 그것은 그 불길로 되돌아갔다. 절대반지의 종말과 함께 모르도르의 몰락이 닥쳤고, 프로도와 샘은 오로드루인의 불타는 비탈에서 과이히르와 독수리들에 의해 구출되었다.

오스길리아스 OSGILIATH (별들의 요새, Citadel of the Stars) ● 가운데땅의 제2시대 동안에 건립된 곤도르의 도시로 그 한가운데로 안두인강이 흘렀다. 곤도르의 적들에 의해 파괴되었다가 데네소르에 의해 미나스 티리스의 전초 기지로 재건되었다. 반지전쟁의 최종 시기 동안에 데네소르는 아들 파라미르를 오스길리아스로 파견했지만 그 원정은 파라미르가 부상을 입는 것으로 끝나고 말았다.

펠라르기르 PELARGIR ● 아라고른과 사자(死者)들의 그림자 군단이
검은 돛의 움바르 해적선단을 포획했던 안두인강의 항구. 이후,
아라고른은 사자의 군대를 임무에서 풀어 준 다음 배편으로 자
기 병사들을 미나스 티리스로 데려갔다.

고르고로스고원 PLATEAU OF GORGOROTH ● 모르도르 북서쪽의
폐허가 된 황무지. 오르크 구덩이들이 곰보 꼴로 뚫린 이 황량
한 평원 위로 오로드루인(운명의 산)과 바랏두르가 솟아 있다.

라우로스 RAUROS ● '라우로스폭포' 참조.

깊은골 RIVENDELL ● 대해 동쪽 최후의 아늑한 집으로 반요정 엘
론드의 근거지. 깊은골은 너도밤나무와 참나무가 어우러진 아
름다운 계곡에 깊이 박혀 있어 길고 가파르며 갈지자로 뻗친
소로들을 거치고 마지막에는 좁은 다리 하나를 건너야 닿을
수 있었다. 이곳의 공기는 꽃과 나무들의 향기 그리고 강, 폭포
및 요정들의 노래 소리로 충만했다. "그곳으로 그리고 다시 이
곳으로" 이르는 여정에서 이곳을 두 번 방문했던 빌보가 자신
의 모험이 끝난 지 오랜 후에 종국적으로 돌아가 산 곳이 깊은
골이었다. 그리고 그의 양자 겸 상속자 프로도가 엘론드의 회
의에 참석하고자 찾아온 곳도 이곳이었다. 그 회의에서 반지 원
정대가 결성되었고, 그는 또 한 번의 길고 위험한 여정에 나서
게 되었다.

로한 ROHAN ● 굽이치는 초원들로 이루어진 말의 명인들의 왕국
으로 세오덴 왕이 에도라스의 황금궁전에서 통치했다. 간달프
는 로한의 평원에서 명마 샤두팍스를 발견하고 길들여 탔다.

사른 게비르 SARN GEBIR ● 안두인강의 급류로 원정대는 이곳에서 오르크 궁수들의 공격을 받았고, 레골라스는 활을 쏴 나즈굴이 탄 공포의 날짐승들 중 하나를 떨어뜨렸다.

샤이어 THE SHIRE ● 에리아도르의 시골 지역으로 호빗들의 거주지. 샤이어는 네 둘레로 나뉘었고 중심 마을은 큰말이었다.

트롤숲 TROLLSHAWS ● 『호빗』에서 빌보와 난쟁이들이 새벽이 도래하자 돌로 변한 트롤들을 맞닥뜨린 곳. 돌이 된 트롤들은 이후 여정에 오른 프로도와 동료들에 의해 다시 발견되었다.

바람마루 WEATHERTOP (아몬 술, Amon Sûl) ● 바람의 언덕. 한때 파수탑이 있던 곳으로 여기서 '성큼걸이'(아라고른)와 그의 호빗 동료들이 간달프가 돌에 새긴 전언을 발견했고 또 암흑 기사들의 공격을 받기도 했다.

WEST OF THE MOUNTAINS,
EAST OF THE SEA

About the Map of
Beleriand

산맥의 서쪽, 바다의 동쪽
벨레리안드의 지도에 관하여

MAP OF BELERIAND
AND THE LANDS TO THE NORTH

산맥의 서쪽, 바다의 동쪽

벨레리안드의 지도에 관하여

"그 시절, 벨레리안드에서는 요정들이 왕래하고, 강물이 흐르며, 별빛은 반짝이고, 밤에 피는 꽃들은 향기를 뿜었으며……."

"그 시절, ……."이란 저 한마디로 J.R.R. 톨킨은 이 지도에 드러난 땅들의 좀체 잊을 수 없는 신비를 환기했다. 왜냐하면 이 지도는 과거로부터의 것, 세상의 상고 시대로부터의 것이기 때문이다. 장소는 가운데땅—『호빗』과 『반지의 제왕』에 열거된 모험들이 일어났던 저 고래(古來)의 대륙—이지만, 지도에 나타난 이름들은 골목쟁이네 빌보가 "그곳으로 그리고 다시 이곳으로"로 이르는 기억할 만한 여정에 나서거나 그가 양자로 삼은 상속자 프로도가 절대반지를 파괴하는 위태로운 원정길에 오르기 전에도 이미 오래된 것이었다.

실로, 빌보와 프로도의 시절엔 '그 시절의' 벨레리안드는 바다 밑에 가라앉아 사라진 지 오래인지라 그 극동 지역만이 호빗들이 아는 세계의 서쪽 해안으로 남아 있었다. 벨레리안드의 땅을 기억하는 이들이 있었고, 그중 몇몇에게는 샤이어로부터 출발한 반지 사자들의 이야기에서 일익을 담당할 운명이 지워졌다. 모르도르에 자신의 무시무시한 요새를 수립하기 오래전에 이 지도에 나타난 땅들을 가로지르며 압제의 그림자를 뻗쳤던 암흑군주 사우론과 더불어 나무수염, 엘론드, 갈라드리엘과 켈레보른이 그런 인물들이었다.

J.R.R. 톨킨이 「저녁별 에아렌딜의 항해」라는 제목의 시를 쓴 것

은 1914년이었는데, 이어서 그는 그 시에서 말해진 이야기가 일어났음 직한 세계에 대해 생각하기 시작했다. 3년 후 그는 서사시적 판타지의 창조에 착수했으니, 그것은 그가 말한 대로 "내 나라, 잉글랜드에 소박하게" 바쳐질 새롭고 온전히 독창적인 신화였다. 그가 글을 써 내려간 공책의 표지에는 『잃어버린 이야기들의 책』이라는 제목이 붙어 있었다.

이것이 종국에 가선 가운데땅의 역사로 귀결된 더디고 복잡다단한 창조적 과정의 시작이었지만, 거기에는 언어들과 자모 체계들의 고안, 지도 만들기의 필수적 과업은 물론이고 사건의 일시와 가계(家系)의 기록이 수반되었다.

고대 언어들을 공부하고 신화, 전설 및 동화들을 아주 좋아한 톨킨이었던 만큼 봄철을 맞은 나무에 잎들이 열리듯 그 자신의 이야기들이 자라나고 번식했다. 톨킨의 『잃어버린 이야기들』은 일군(一群)의 서로 연관된 장엄한 전설들로 발전하면서 곧 그 일이 시작된 공책으로는 담아 낼 수 없게 되었다.

'실마릴리온'으로 불려진 그 작품은 부단히 증보되고 수정되다가 마침내는 실제 역사의 상세한—그리고 때때로 상충되기도 하는—세목에 딸리는 그 모든 진정성을 획득했다. 그리고 판타지가 '근원적인 현실이나 진리를 불현듯 감지하게' 할 수 있다고 믿은 톨킨에게 가운데땅은 실재였다.

이런 이야기들을 연대기식으로 써 가는 노고는 거의 60년이 걸릴 일이었던 바, 그 동안에 톨킨은 옥스퍼드 대학의 교수가 되었고—이후에 밝혀진 대로—'실마릴리온'에서 기술된 가운데땅이라는 영역 속에서 벌어진 모험 이야기 『호빗』을 집필했다.

조급해진 출판사가 『호빗』의 후속작을 극성스럽게 요구했을 때, 톨킨은 희망을 품고 자신의 서사시적 신화의 여러 부분들을 보냈지만 당시에 출판사는 그것들에 퇴짜를 놓았다. 그렇게 되자 그는 『호빗』에서 빌보가 취득했었던 절대반지의 이후 운명에 관한 또 다른 책의 집필을 시작했다. 그러나 이 새로운 이야기를 '실마릴리온' 속의 이야기들과 연관 짓는 일은 마침내 1954년과 1955년에 『반지의 제왕』이 출판되기 전까지 훨씬 많은 생각을 요했다.

'실마릴리온'에 대해 말하자면, 톨킨은 1973년 사망할 때까지 그 작품을 수정하고 확장하기를 계속했지만 그것은 사망 시에도 여전히 미완성 상태였다. 그것은 4년 후에야 드디어 출판되었으니, 저자의 아들 크리스토퍼 톨킨이 편집하고 정리해 낸 덕분이었다. 크리스토퍼는 이후 사반세기에 걸쳐 아버지의 가운데땅의 역사를 정리한 더 많은 책들을 편집했다. 『실마릴리온』에는 또한 크리스토퍼 톨킨이 만든 벨레리안드의 지도가 실려 있는데, 존 하우는 그로부터 영감을 얻어 산맥 서쪽과 바다 동쪽의 저 땅들에 대한 자신의 해석을 창조했다.

모든 지도는 도움 되는 만큼이나 실망을 줄 수 있다. 한편으로 그것은 소축척으로 그려져 모든 주요한 지리적 특성들을 포함할 수 있지만 많은 세목을 담을 수는 없고, 다른 한편으론 보다 큰 축척을 사용해 많은 장소들과 이름들을 끼워 넣을 수 있지만 그 테두리를 넘어선 방대한 영토들은 배제한다.

벨레리안드의 지도는 가운데땅의 초기 역사에서 기술된 세계의 일부만을, 그것도 그 삶의 비교적 짧은 단계를 보여 준다는 점에서 두 번째 범주에 속한다. 예를 들어, 가운데땅과 서쪽바다 너머 불사의 땅 사이에 위치한 섬 왕국 누메노르나 이후 『호빗』과 『반지의 제왕』에서 나타나는 동쪽 지역들에 대한 묘사는 없는 것이다.

벨레리안드의 지도가 실제로 보여 주는 것은 (북단의 땅들은 예외로 하고) '실마릴리온'이라는 제목의 근원이 된 세 개의 위대한 보석들, 즉 실마릴들의 소유를 두고 오래도록 펼쳐진 파멸적인 보석전쟁에 휩쓸렸던 가운데땅의 왕국들이 전부이다.

하지만 그 길고도 장황한 분쟁을 이해하기 위해선 그에 앞선 사건들을 웬만큼이나마 아는 게 필요하다. 비록 그 사건들이 일어난 많은 장소들이 이 지도에선 표현되지 않는다 하더라도 말이다.

처음에, 만물의 아버지 에루 일루바타르가 아이누들 혹은 거룩한 이들을 생겨나게 했고 그들은 일루바타르와 함께 위대한 음악을 창조했으며, 그 음악 속에는 일루바타르의 놀랄 만한 주제들이 아이누들이 고안한 변주들—일부는 조화롭고, 일부는 불협화음을 빚는—과 뒤섞여 있었다.

연후에, 일루바타르는 그 음악에 실체를 부여해 그것으로부터 먼저 에아, 즉 세상을, 그 후에 아르다, 즉 대지를 만들었다. 다음으로 그는 대지에 거할 자신의 자손에게 형체를 부여했으니 곧 '첫째자손과 뒤따르는 자들'로 알려진 요정과 인간이었다.

일루바타르와 그가 창조한 세상에 대한 사랑에서 일부 아이누들은 세상으로 내려가 그 삶의 일부가 되어 일루바타르의 자손의 운명을 돌보기로 했다. 이들이 세상의 권능들, 곧 발라들이었고, 그 가운데 으뜸은 만웨와 그의 배우자 겸 여왕인 별을 밝히는 이, 바르다 틴탈레였다. 후자는 이후 『반지의 제왕』 중 요정들의 노래 속에서 엘베레스 길소니엘로 추앙되었다.

발라들이 아르다의 영역을 꼴 짓고 축복하는 것을 도울 동안 그 일원인 역심(逆心)의 멜코르는 그들의 작업을 오염시키거나 파괴하고 창조된 세계를 자신의 뜻에 따르게 하는 데 온 힘을 쏟았다. 발라들의 갖은 노력에도 불구하고 멜코르는 비밀 요새 우툼노에서 자신의 세력 키우기를 계속하며 여러 종(種)의 괴물 같은 생물들을 번식시켰다.

마침내 발라들은 멜코르에 대한 전면 공세에 나서 장기간의 포위 공격 끝에 우툼노를 무너뜨렸다. 멜코르는 사슬에 묶여 발리노르로 이송되었고 거기서 그는 심문을 받고 탈출할 길이 없는 만도스의 궁전에 감금되었다. 그러나 세 시대가 지난 후 간지(奸智)의 멜코르는 용서를 간청하여 사면을 받았다. 그렇게 되자 그는 분노와 증오심에 사악한 부하들, 특히 부관인 혐오스러운 자 사우론의 도움을 받아 복수를 꾀하기 시작했다.

발라들은 가운데땅을 떠나 서녘의 벨레가에르 바다 너머 아만으로 가서 거기에 자신들의 왕국을 세우니, 이것이 두 나무, 텔페리온과 라우렐린의 광휘로 밝혀진 축복받은 땅 발리마르였다. 다음에 발라들은 요정들(인간들과는 달리 일루바타르에 의해 불사의 존재로 의도된)을 소환해 가운데땅을 횡단해 바다로 오게 했으니, 거기서부터 그들은 서녘의 불사의 땅으로 인도될 예정이었다.

어떤 요정들은 그 장정에 나섰지만 다른 요정들은 거부했고, 또 다른 요정들은 그 먼 길을 벗어나 큰물(벨레가에르—역자 주)가에서 어정거리거나 가운데땅의 삼림과 산맥 속에서 바르다의 별빛 아래 떠돌았다.

서쪽으로 가 아만에 닿은 요정들의 세 왕은 바냐르의 왕 잉궤, 텔레리의 왕 올웨 및 놀도르의 왕 핀웨였다. 핀웨의 장자(長子) 페아노르는 기예와 전승에서 가장 빼어난 자가 될 인물로 세 개의 장려한 보석, 실마릴들을 만든 이가 바로 그였던 바, 그는 그것들 속에 발리노르의 두 나무의 빛을 갈무리해 두었다. 그러나 시샘의 멜코르는 웅골리안트(『반지의 제왕』 속 쉴로브의 조상)라 불리는 괴물 같은 거미의 도움을 얻어 두 나무를 죽이고 핀웨를 살해하며 실마릴들을 훔쳤다.

페아노르는 발라들의 권고도 물리치고 요정 대군을 이끌고 멜코르를 쫓으며 그에게 세상의 검은 적, 모르고스라는 새 이름을 붙였다. 가운데땅으로 돌아가는 길은 많은 악행들로 점철되어 이후로 있을 여러 사악한 이별, 배반 및 동족 살해가 이때 처음으로 벌어졌으니 요정과 요정이 서로 적이 되어 모르고스의 음험한 목적을 촉진시킨 소행들이었다.

귀환한 요정들은 벨레리안드에 남았었던 동족뿐만 아니라 뒤따르는 자들 즉 인간 종족(자신들처럼 동쪽 땅에서 깨어났었던) 그리고 발라들의 일원인 아울레에 의해 빚어졌지만 생명은 일루바타르에게서 받은 난쟁이들과도 조우했다. 요정들은 인간들과 동맹을 맺었고, 절묘한 보석류와 강력한 무기를 만드는 것은 물론 많은 기둥으로 떠받친 지하 궁전을 만들고 풍요롭게 장식하는 데 난쟁이들의 기술을 청했다.

요정들과 그들의 동맹군이 모르고스의 세력에 대항해 싸운 벨레리안드 전쟁은 모르고스의 요새로 들어가 실마릴 하나를 되찾아온 베렌과 루시엔의 이야기 그리고 모르고스를 섬긴 거대하고 무시무시한 용 글라우룽을 베었던 불운의 투린 투람바르 이야기와 더불어 『실마릴리온』에서 상술된다.

『호빗』과 『반지의 제왕』 속 이야기들과 마찬가지로 『실마릴리온』에 기록된 사건들은 그것들이 벌어지는 세계의 물리적 지리와 밀접하게 연관되고 또 그 지리에 의해 꼴 지어진다.

끊기지 않고 길게 이어진 암반들, 즉 산맥을 예로 들어보자. 크릿사에그림의 깎아지른 봉우리들처럼 어떤 것들은 만웨의 독수리들이 아니고선 그 누구도 접근할 수 없는 반면, 청색산맥(에레드 루인)과 같은 다른 것들은 안간힘을 쓰면 오를 수는 있다. 동쪽 암벽에서 난쟁이들이 놀랍기 짝이 없는 성채들을 팔 동안 일루바타르의 자손이 처음 벨레리안드로 들어간 것은 이 산맥을 가로질러서였다.

가운데땅에서 가장 높은 산꼭대기들 가운데 일부—예컨대, 모르고스의 샅샅이 훑는 눈길로부터 비밀스러운 요정 도시 곤돌린을 숨겨준 에워두른산맥—가 보호를 제공했다면 다른 일부는 그 이름부터가 위험과 위협을 나타냈다. 모르고스가 자기 권세의 반항적 상징으로 앙반드의 끝없는 지하 토굴들의 문 위에 세운 것으로 압제의 산(상고로드림)으로 불리며 연기와 악취를 뿜어내고 천둥 같은 소리를 발산하는 세 개의 탑들 또는 그 밑의 음침한 계곡과 협곡들에서 거미 웅골리안트가 제 새끼들과 함께 어둠 속에 잠복한 채 악몽 같은 거미집을 자아 낸 공포산맥(에레드 고르고로스)이 그런 위험과 위협의 실례이다.

방대한 구릉지들도 살펴볼 만한데, 야영하고 망을 보는 터이자 피난과 은거의 장소이기도 한 이 외딴 파수꾼들은 바람에 고스란히 노출된 드넓은 평원의 한가운데 서 있거나 숲의 빽빽한 덮개 위로 머리를 쳐들고 섰다.

벨레리안드의 삼림들—가운데땅의 여타 연대기들에 기술된 것들과 같은—은 심오한 신비, 영속적인 힘 그리고 깊은 마법의 장소일 수 있었다. 요정 싱골(당시엔 엘웨로 불린)이 발라 종족의 멜리안이 부른 노래를 듣고 경탄과 사랑에 휩싸인 것은 바로 난 엘모스숲의 어느 빈터에서였다.

싱골은 멜리안과 결혼해 천(千)의 동굴 메네그로스에서 도리아스의 삼림왕국을 다스렸다. 멜리안은 이 숲들 주위로 눈에 보이지 않는 그림자와 미혹의 장막을 쳐서 왕국의 보호대(保護帶)로 삼았다. 한 인간 베렌이 멜리안과 싱골의 딸 루시엔을 처음 보고 에스갈두인 강가의 월출(月出) 아래서 춤추는 그녀의 아름다움과 노래에 사로잡힌 것이 바로 도리아스의 넬도레스숲에서였다.

벨레리안드에는 방대한 호수들, 믿기지 않는 습지들, 산 속의 작은 호수들, 개울들 및 세찬 급류들 외에도 다른 많은 강들이 있었다. 페아노르와 귀환한 요정들은 드렝기스트하구의 해안을 따라 가운데땅의 탐사를 시작했다. 난쟁이들은 저 멀리 동쪽 아스카르강의 수로에 연(沿)해서 청색산맥에서부터 서쪽 땅들로 여행하는 길을 만들었다. 그리고 투르곤이 흰 성벽의 장대한 도시 곤돌린을 건설한 숨겨진 평원에 이르는 비밀의 길이 발견된 것도 마른강의 돌투성이 하상(河床)을 따라서였다.

벨레리안드의 강들 곁에서 필사적인 위업들이 숱하게 펼쳐졌다. 테이글린강의 깊은 골짜기에서 투린은 용 글라우룽과 싸워 베어 버렸다. 그의 여동생이자 아내인 니에노르가 그 사투에서 부상을 입은 투린의 육신을 발견했을 때 그녀는 그가 죽은 걸로 여기고 테이글린강의 거센 물결에 몸을 내던졌다. 절망한 투린이 이후 자살하고자 돌아온 곳 또한 바로 이 불운한 지점이었다.

강들 가운데서 가장 큰 시리온강은 북쪽의 산맥에서 흘러내려 숲과 늪지대를 거치면서 이윽고 폭포가 되어 떨어져 땅 밑으로 돌입했다가 시리온수문에서 노호하는 거품 및 물보라와 함께 그 모습을 다시 드러냈다.

시리온강은 그 북쪽 수로에서 톨 시리온섬을 돌며 물줄기가 갈라지는데, 거기에서 핀로드 펠라군드는 자신의 파수탑 미나스 티리스(이후의 시대에서는 곤도르의 왕도(王都)에 붙여진 이름이기도 함)를 건설했다. 그 섬은 사우론의 수중에 들어간 후로는 늑대인간들의 섬으로 알려졌으며, 루시엔과 발리노르의 늑대사냥개 후안이 사우론의 지하 토굴에서 베렌을 구하고자 싸운 곳이 바로 여기였다.

이들 산맥, 삼림 및 강의 북쪽과 동쪽에 모르고스에 의해 더럽혀진 땅들이 놓였다. '숨막히는먼지'로 불리는 안파우글리스의 황폐한 평원과 검고 음산한 나무들의 뒤엉킨 뿌리들이 집게발들처럼 어둠 속을 더듬는 타우르누푸인의 불타 버린 고지대는 마구 유린된 폐허들로서 『반지의 제왕』 속 사우론의 모르도르를 예시한다.

그리고 벨레리안드의 땅들 너머로는 서쪽바다와 함께 이 지도에선 보이지 않는 저 장소들로 이르는 물길이 놓여 있었다. 즉, 요정들의 에렛세아, 알콸론데 및 많은 탑을 거느린 티리온 그리고 그것들 너머에 모르고스와의 혹독한 싸움이 벌어지던 시절 수부 에아렌딜이 요정과 인간 모두의 사자(使者)로 와서 발라들에게 구원을 청했던 황금의 발리마르가 있었다. 발라들은 에아렌딜을 보내 그 이마에 루시엔의 실마릴이 별처럼 빛나는 가운데 하늘의 대해를 항해하게 했으니 그것으로 원조를 청한 그의 기도는 이루어진 것이었다. 이렇게 하여 분노의 전쟁은 시작되었고, 그 전쟁에서 이 지도상의 땅들 대부분은 들이닥치는 대양 밑으로 사라졌으니 이야기와 노래의 요정들이 벨레리안드를 거니는 일은 더 이상 없었다.

『반지의 제왕』 초기 장(章)들 중 하나에서 프로도는 삼촌 빌보로부터 배운 오래된 보행의 노래를 흥얼거린다. 그중 한 연(聯)은 다음과 같이 시작된다.

> *저기 길모퉁이 돌아가면*
> *낯선 길, 비밀의 문이 있어,*
> *오늘 그 길을 지나쳐도*
> *내일 다시 이 길을 오면*
> *숨은 길이 나타나*
> *해도 가고 달도 갈 테니.*

여기에는 톨킨의 모든 책들에서 발견되는 모험의 느낌—그 기쁨들과 고난들, 갑작스러운 자극들과 예기치 못한 위험들이 따르는—이 투영되어 있는 바, 그 느낌이야말로 그가 자신의 상상력을 통해 발견했던 세계들을 계속 탐험하고 또 지도를 만들게 했던 원동력이었다.

THE MAP OF
BELERIAND
AND THE LANDS TO
THE NORTH

벨레리안드의 지도를 위해 나는 J.R.R. 톨킨의 요정식 문장학(紋章學)에 대한 재해석을 시도했지만 그 테두리들에 관해서는 맨섬 출신의 특출한 예술가 겸 도안가, 아치볼드 녹스에게 큰 빚을 졌다. 맨 아래의 풍경은 흰 배들을 빼고는 대체로 우리가 『반지의 제왕』 영화 작업을 할 동안 뉴질랜드의 임시 거처에서 본 광경 그대로이다. (만약 여러분이 왼쪽으로 몸을 돌릴 수 있다면, 잭슨 가족의 거처를 볼 수 있을 것이다.) 그러나 지나가는 배들은 대개가 북섬과 남섬 사이로 승객을 나르는 나룻배들이었고, 전면(前面)의 바깥으로 이리저리 나는 건 분명 흰 백조들보다는 갈매기들이 더 많았다. 그림 그리기는 영화 작업의 강행군에서 놓여나는 짬짬이 뉴질랜드에서 이루어졌다. 여담이지만, 저 세 마리의 백조가 온건한 강박 관념 같은 것이 되어 버려서 나는 어리석게도 그것들을 많은 그림들에 끼워 넣었다. (상상력 발휘의 필요성을 미리 막아 주는 것, 상징의 매력이란 게 그런 것이다.)

존 하우

주요 지명들

아두란트 ADURANT ● '두 갈래 강'. 겔리온강의 지류들 중 여섯 번째이자 제일 남쪽의 것으로 수로의 중간 지점에서 톨 갈렌섬을 돌며 물줄기가 둘로 갈라졌다.

아엘린우이알 AELIN-UIAL ● '황혼의 호수'. 아로스강과 시리온강의 합수지 남쪽의 호수들.

아엘루인 AELUIN ● '아엘루인호수' 참조.

아글론 AGLON ● '아글론고개' 참조.

아몬 에레브 AMON EREB ● 데네소르가 오르크들에 맞서 싸우는 싱골을 지원하다가 죽고 마에드로스가 다섯째 전투 이후에 거주한 '외로운 언덕'.

아몬 오벨 AMON OBEL ● 브레실숲 가운데의 언덕으로 그곳의 에펠 브란디르(브란디르의 에워두른 방벽)에서 브레실 사람들이 살았다. 투린이 여기서 거주하던 중에 자신의 누이인 줄 모르고 니에노르와 결혼했다.

아몬 루드 AMON RÛDH ● 브레실 남쪽의 '대머리산'으로 그 밑에 작은난쟁이 밈의 동굴집이 있었다. 투린과 무법자 무리가 살았고 나중에 도리아스에서 온 싱골의 변경 수비대 대장 벨레그가 함께한 곳이 이곳이었다. 모르고스의 오르크들로부터 공격을 받아 벨레그는 부상을 입고 투린은 포로로 붙잡혔다.

아나크 ANACH ● '아나크고개' 참조.

안드람 ANDRAM ● '장성(長城)'. 나르고스론드에서 람달까지 서에서 동으로 줄지어 이어진 언덕들로 벨레리안드의 남쪽 지역과 북쪽 지역을 가르는 가파른 경사지를 이루었다.

안파우글리스 ANFAUGLITH ● '숨막히는먼지'. 원래는 아르드갈렌(푸른 지방)으로 불렸지만 모르고스에 의해 황폐화된 후 개명된 북쪽의 거대한 사막. 이 지도에선 보이지 않지만, 그 북쪽에 모르고스의 지하 요새 앙반드가 있으며 거기서 모르고스는 요정 페아노르에게서 훔친 실마릴들을 박은 강철 왕관을 주조했다. 한동안 앙반드는 발라들에 의해 지붕이 벗겨졌지만, 모르고스는 그것을 새로 파고 세 겹의 봉우리, 상고로드림을 세워 올림으로써 방어막을 쳤다. 놀도르의 대왕 핑골핀은 그 문 앞에서 벌어진 모르고스와의 결투에서 쓰러졌고, 그 속의 가장 깊은 방에서는 베렌과 루시엔이 모르고스의 왕관에서 실마릴 하나를 잘라 냈다. 대전투에서 모르고스가 타도된 후 마에드로스와 마글로르가 남은 두 개의 실마릴을 훔쳐냈지만 이내 그것들은—하나는 불의 틈 속으로, 다른 하나는 바닷속으로—버려졌다.

아르드갈렌 ARD-GALEN ● '푸른 지방'. 이후 안파우글리스로 개명되었다.

아로스 AROS ● 도르소니온에서 도리아스의 남쪽 국경을 따라 흐르다 아엘린우이알에서 시리온강에 합류하는 강,

아롯시아크 AROSSIACH ● 아레델과 마에글린이 검은요정 에올로부터 곤돌린으로 도주했을 때 이용한 '아로스여울'.

아르베르니엔 ARVERNIEN ● 시리온하구 서쪽에 있는, 가운데땅의 연안 지대.

아스카르강 ASCAR ● (후에 라슬로리엘로 불린) 옆으로 난쟁이길이 뻗은 강. 에레드 루인에서 발원하여 사른 아스라드의 남쪽에서 겔리온강에 합류했다.

바라드 님라스 BARAD NIMRAS ● 핀로드 펠라군드가 바다로부터의 침공을 감시하기 위해 에글라레스트 서쪽의 곶 위에 세운 '흰 뿔탑'. 그 탑은 다섯째 전투에 뒤이은 모르고스의 육로 공격에 마침내 무너졌다.

발라르만 BAY OF BALAR ● 시리온강 하구의 넓은 만.

벨레가에르 BELEGAER ● 가운데땅 그리고 발라들이 발리노르에서 거주한 축복받은 땅, 아만 사이의 '대해'.

벨레고스트 BELEGOST ● '거대한 요새'. 에레드 루인의 동쪽 사면에

건축된 난쟁이들의 두 도시 (다른 하나는 노그로드) 중 하나. 난쟁이들에게는 가빌가트홀로 알려졌다.

벨레리안드 BELERIAND ● 처음에는 발라르섬을 마주보는 시리온 하구의 주변 지역에 주어진 이름('발라르 지역'을 뜻하는)이었지만 이후에는 서쪽 해안에서 에레드 루인에 이르는 히슬룸 남쪽의 모든 땅을 뜻하게 되었고 시리온강을 기점으로 동서 벨레리안드로 나뉘었다. 제1시대 말에 벨레리안드는 대격변을 맞아 부서져 바다에 잠겼다. 오직 옷시리안드만이 남았다가 종국에는 『반지의 제왕』속 지도들에 묘사된 포를린돈과 하를린돈이 되었다.

님브레실의 자작나무숲 BIRCHWOODS OF NIMBRETHIL ● '님브레실' 참조.

브레실 BRETHIL ● 테이글린강과 시리온강 사이에 자라난 숲으로 할라딘 또는 '할레스 사람들'로 알려진 인간들의 근거지가 되었다.

브릴소르 BRILTHOR ● '반짝이는 격류'. 겔리온강의 네 번째 지류.

브리시아크 BRITHIACH ● 브레실숲 북쪽에서 시리온강을 건너는 여울. 이곳에서 후린과 후오르는 오르크 군대에 의해 고립되었다가 발라 울모가 시리온강에서 안개를 일으켜 준 덕분에 적에게 발각되지 않고 딤바르로 도망칠 수 있었다.

브리솜바르 BRITHOMBAR ● 아만으로의 소환을 거부하고 (조선공 키르단의 다스림 아래) 가운데땅의 첫 수부(水夫)들이 된 텔레리 요정들, 즉 팔라스림의 북쪽 항구. 이 도시는 다섯째 전투에 뒤이어 모르고스의 군대에게 약탈당했다.

브리손 BRITHON ● 브리솜바르에서 대해로 흘러드는 강.

발라르곶 CAPE BALAR ● 남쪽으로 발라르섬을 향해 있는 발라르만의 곶.

켈론 CELON ● 힘링에서 발원하여 (그 이름은 '고지에서 흘러내리는 개울'을 뜻함) 남서쪽으로 흘러 난 엘모스를 지나 레기온숲 가에서 아로스강에 합류하는 개울.

키리스 닌니아크 CIRITH NINNIACH ● '무지개 틈'. 투오르가 안드로스 동굴을 떠난 후 서쪽바다에 이른 길.

크릿사에그림 CRISSAEGRIM ● 곤돌린 남쪽의 줄지어 이어진 접근 불가의 첨봉들. 독수리 왕 소론도르는 이곳에 둥지를 틀었는데, 후린과 후오르가 남쪽 비탈 아래서 길을 잃고 헤매는 것을 보고 독수리 두 마리를 보내 그들을 숨은 도시로 이송하게 했다. 이후, 후린은 앙반드에서 풀려난 뒤 한 번 더 곤돌린에 이르는 길을 찾고자 이 첨봉들로 돌아왔지만 허사로 끝나고 말았다.

테이글린 건널목 CROSSINGS OF TEIGLIN ● 시리온 고개에서 남쪽으로 이어진 옛길이 테이글린강을 가로지르는 지점. 이곳에서 투린은 니에노르(용 글라우룽의 마법에 걸렸던)와 조우해 그녀가 자신의 누이라는 것을 모른 채 그녀와 사랑에 빠졌다.

딤바르 DIMBAR ● 크릿사에그림 첨봉들 남쪽의 사람이 살지 않는 지역.

돌메드 DOLMED ● '돌메드산' 참조.

도르 디넨 DOR DÍNEN ● '장막의 땅'. 에스갈두인강과 아로스강 상류 유역 사이의 아무도 살지 않는 지역.

도리아스 DORIATH ● '방벽의 땅'. 이 이름은 보호의 마법을 지닌 장막을 가리킨다. 신다르의 가장 큰 왕국으로 주로 넬도레스숲과 레기온숲으로 이루어지며 싱골과 멜리안이 다스렸다. 핀로드는 도리아스의 도시 메네그로스를 방문하고서 얻은 영감에 힘입어 자신의 도시 나르고스론드를 건설했다. 핀로드의 누이 갈라드리엘이 켈레보른을 만난 곳도 도리아스였는데, 『반지의 제왕』에서 기술되듯 훗날 그녀는 그와 함께 로리엔을 다스렸다. 도리아스의 국경에서 루시엔은 늑대사냥개 후안과 조우했고 그의 도움을 얻어 톨인가우르호스의 사우론의 지하 토굴에서 베렌을 구출했다. 후안이 모르고스의 늑대, 카르카로스와 싸우고 또―실마릴을 되찾은 후에―베렌이 첫 죽음을 맞은 곳 또한 도리아스였다.

도르로민 DOR-LÓMIN ● 히슬룸 남부의 지역. 핑골핀의 아들 핑곤의 영토로 그 지배권은 인간 종족의 하도르 로린돌에게 주어졌다.

도르소니온 DORTHONION ● '소나무의 땅'. 동에서 서로 약 290킬로미터에 펼쳐진 이 고지는 피나르핀의 아들들, 앙그로드와 아에그노르에 의해 점유되었고 나중에는 타우르누푸인, '밤그늘의 숲'으로 알려졌다. 넷째 전투(돌발화염의 전투로 알려진)에서 모르고스의 세력에 의해 점령되었다. 많은 목숨이 희생되었지만 베렌의 아버지 바라히르는 핀로드 펠라군드를 구출했다.

마른강 DRY RIVER ● 원래는 훗날 툼라덴—비밀 도시 곤돌린 주변의 들판—이 된 호수로부터 에워두른산맥 밑으로 흘렀던 강의 수로. 아레델과 그녀의 아들 마에글린이 곤돌린에 들어간 것은 그 숨겨진 길을 통해서였던 바, 그녀의 남편 검은요정 에올은 그 뒤를 쫓아가 아내를 죽였고 그 벌로 자신도 처형되었다.

두일웬 DUILWEN ● 겔리온강의 다섯 번째 지류.

난쟁이길 DWARF ROAD ● 난쟁이들이 벨레고스트와 노그로드의 도시들에서 출발해 위험을 무릅쓰고 벨레리안드로 들어갈 때 부설한 도로. 아스카르강을 따라 이어지다가 사른 아스라드에서 겔리온강을 가로질렀다.

동벨레리안드 EAST BELERIAND ● '벨레리안드' 참조.

에글라레스트 EGLAREST ● 팔라스림, 즉 팔라스의 항해 요정들의 남쪽 항구. 브리솜바르와 마찬가지로 한없는 눈물의 전투 후에 모르고스에 의해 파괴되었다.

에이셀 시리온 EITHEL SIRION ● 에레드 웨스린의 동쪽 사면에 자리한 '시리온의 샘'. 페아노르의 아들 켈레고름은 벨레리안드 전쟁의 둘째 전투에서 오르크 군대를 이곳 부근의 구릉지로부터 세레크 습지로 몰아넣었다. 나중에는 놀도르의 요새 바라드 에이셀, 즉 '수원지의 탑'의 터가 되었다.

에레드 고르고로스 ERED GORGOROTH (공포산맥, The Mountains of Terror) ● "생명과 빛이 질식당하였고" 독기로 심히 오염된 그 물을 마시면 누구든 가슴이 '광기와 절망의 어두운 그림자로 채워질' 공포산맥.

에레드 린돈 ERED LINDON ● '에레드 루인' 참조.

에레드 로민 ERED LÓMIN ● 드렝기스트하구에 의해 관통된 '메아리산맥'.

에레드 루인 ERED LUIN ● '청색산맥'. 에레드 린돈으로 알려지기도 함. 일루바타르의 자손들, 요정과 인간은 동쪽에서부터 이 산맥을 넘어 벨레리안드로 들어갔고, 이후 이 산맥의 동쪽 사면에 자신들의 도시 벨레고스트와 노그로드를 건설한 난쟁이들이 그 뒤를 따랐다.

에레드 웨스린 ERED WETHRIN ● 안파우글리스와 접경하고 남쪽 히슬룸과 서벨레리안드 사이의 장벽을 이루는 '어둠산맥'. 페아노르는 발로그들의 왕 고스모그로부터 치명상을 입고 이 산맥의 비탈 위로 이송되던 중 상고로드림의 세 첨봉을 보고는 모르고스를 저주하며 죽었다.

에스갈두인 ESGALDUIN ● 넬도레스숲과 레기온숲 사이의 에레드 고르고로스에서 흘러 시리온강에 합류한 '장막 속의 강'. 동쪽 강둑에 거대한 돌다리를 통해서만 접근할 수 있는 메네그로스의 문들이 있었다. 인간 종족의 베렌이 싱골과 멜리안의 딸 루시엔을 처음 본 것이 바로 이 강가에서였다.

에스톨라드 ESTOLAD ● '야영지'. 베오르와 마라크를 추종하는 인간들이 동쪽에서부터 벨레리안드로 들어간 후 살았던 난 엘모스 남쪽의 땅.

팔라스 FALAS ● 타라스산의 남쪽, 아르베르니엔의 북쪽에 위치한 벨레리안드의 서쪽 해안으로 거기에 브리솜바르와 에글라레스트 항구들이 있었다.

시리온폭포 FALLS OF SIRION ● 시리온강이 아엘린우이알에서 곤두박질쳐 거대한 땅굴들 속으로 사라졌다가 남쪽으로 15킬로미터가량 떨어진 시리온수문에서 다시 모습을 드러낸 폭포.

세레크습지 FEN OF SERECH ● 리빌강과 시리온강의 합수지에 형성된 습지로 시리온고개 북쪽에 있었다. 이곳에서 페아노르의 아들 켈레고름이 오르크 부대를 무찔렀고, 다섯째 전투 니르나에스 아르노에디아드 동안 후오르와 후린이 곤돌린으로 후퇴하는 투르곤을 엄호하기 위해 최후의 항전을 펼친 곳이 바로 이 습지의 뒤쪽이었다. 후오르는 살해되었지만, 후린은 사로잡혀 조롱거리가 된 채 앙반드로 끌려갔는데, 거기서 모르고스는 그를 상고로드림을 향한 돌의자에 앉혀 벨레리안드의 몰락을 지켜보게 했다.

시리온습지 FENS OF SIRION ● 도리아스의 남서쪽에 있던 아엘린우이알호수 주변의 습지.

드렝기스트하구 FIRTH OF DRENGIST ● 대해의 북쪽 어귀로 아만에서부터 모르고스를 쫓던 페아노르의 놀도르가 텔레리에게서 훔친 배들에서 내려 상륙한 곳. 로스가르(지도에선 보이지 않는데)에서 페아노르는 핑골핀 그리고 피나르핀의 자손이 뒤따르는 것을 막을 요량으로 배들을 불태워 버렸지만, 그럼에도 불구하고 그로부터 배신당한 친족들은 헬카락세의 얼음 위로 바다를 건너 가운데땅에 왔다. 수년 후 히슬룸의 핑곤 왕은 하구 선단(先端)에서 오르크 부대를 급습하여 바다 속으로 몰아넣었다. 그리고 오랜 시간 후 핑곤이 오르크들과 다시 싸웠지만 중과부적에 처했을 때 조선공 키르단이 팔라스의 요정 선단을 이끌고 올라와 이 하구에서 모르고스의 군대를 패주시켰다.

시리온수문 GATES OF SIRION ● 안드람으로 알려진 연이은 언덕들 기슭에 자리한 암석의 아치길로 이곳에서부터 시리온강은 땅 밑으로부터 "굉음과 물안개를 뿜으며" 모습을 불쑥 드러냈다.

겔리온강 GELION ● 동벨레리안드에서 두 갈래로 발원하는 강. 소겔리온은 힘링에서, 대겔리온은 레리르산에서 발원했다. 에레드 루인에서 발원한 여섯 개의 강들이 남쪽으로 흐르는 이 강에 합류했다. 이 강의 북쪽 두 지류들 사이에 마글로르 들판이 있었는데, 그곳 어딘가에서 구릉지가 끝나면서 모르고스의 북쪽 요새에서 출동한 오르크들이 벨레리안드로 들어가는 통로가 생겨났다.

깅글리스강 GINGLITH ● 서벨레리안드에서 발원하여 남쪽으로 흐르다 나르고스론드 위에서 나로그강에 합류한 강.

곤돌린 GONDOLIN ● '숨은바위'. 망명 놀도르의 가장 위대하고 아름다운 도시로 에워두른산맥에 의해 보호되며 투르곤 왕이 툼라덴 초원(사라진 호수의 바닥으로 한때는 여기서부터 마른강이 시리온강으로 흘러들었다) 속의 돌 언덕, 아몬 과레스 위에 건설했다. 축복받은 땅의 도시 티리온에서 얻은 영감으로 건립된 곤돌린은 우뚝한 흰 성벽, 빛나는 분수들 그리고 발리노르에 빛을 주었던—모르고스와 웅골리안트에 의해 파괴될 때까지—두 나무의 금빛과 은빛 형상을 안고 있었다.

투오르는 이 도시 사람들이 살던 곳을 버리고 시리온강을 따라 바다로 가야 한다는 울모의 명을 전하고자 이 도시로 왔다. 투르곤 왕이 그 소환을 거부하자 그는 곤돌린에 남아 왕의 딸 이드릴과 결혼했고, 그녀는 그에게 아들 에아렌딜을 낳아 주었다. 마에글린이 이 숨은 도시의 소재지를 모르고스에게 누설해 늑대, 오르크, 발로그 및 용들로 구성된 검은 대적의 대군에 의해 곤돌린이 함락되었을 때 소수의 생존자들 속에 이 세 인물이 포함되었다.

대겔리온 GREATER GELION ● '겔리온' 참조.

힘라드 HIMLAD ● 아글론고개 남쪽의 '서늘한 들판'. 페아노르의 아들들 가운데 켈레고름과 쿠루핀의 영토.

힘링 HIMRING ● '늘 추운 곳'. 마글로르 들판 서쪽의 마루가 넓은 언덕으로 여기에다 페아노르의 장남 마에드로스는 자신의 주

(主)성채를 건설했다.

히슬룸 HITHLUM ● 페아노르와 놀도르 요정들이 미스림으로 가는 길에 거쳐 지나갔던 '안개의 땅'. 페아노르의 죽음에 뒤이어 놀도르 요정들은 모르고스의 사자들을 만나 화평과 실마릴들의 양도를 위한 교섭을 벌였다. 하지만 요정들은 매복 공격을 받고 다수가 죽었다. 페아노르의 장남 마에드로스는 인질로 붙잡혀 앙반드에 유치되었고, 그 후 그의 형제들이 이곳에 거대한 야영지를 세우고 요새화했다. 핑골핀의 인도하에 고난의 빙원[3]을 통해 가운데땅으로 건너온 요정들이 도착한 곳도 이곳이었고, 그의 아들 핑곤은 (독수리 왕의 도움을 받아) 마에드로스를 구출해 두 가문 사이의 불화를 치유했다. 후에는, 이곳에서 투오르가 히슬룸 동부인들의 우두머리 로르간에게 포로로 붙잡혔다.

얀트 야우르 IANT IAUR ● 도리아스의 북쪽에서 에스갈두인강을 건너는 '옛 다리'(에스갈두인다리로도 불린다).

발라르섬 ISLE OF BALAR ● 울모가 바냐르, 놀도르 그리고 나중에는 다수의 텔레리를 벨레리안드에서 서녘의 아만으로 데려갔던 섬으로 톨 에렛세아의 자투리라고 한다. 별빛의 바다를 너무나 사랑한 텔레리가 여정을 완수하고 싶어 하지 않았고, 울모를 받드는 옷세에 의해 섬은 고착되어 엘다마르만(요정의 고장)의 해저에 깊이 박혔다. 마침내 요정들이 마음을 눅여 거대한 흰 배들을 건조하여 옷세의 인도 아래 아만으로 항해했고,

---

옷세는 그들에게 튼튼한 날개의 백조들을 보내 그들의 배를 끌게 했다. 훗날 나르고스론드에서 온 요정들은 모르고스의 악행이 벨레리안드를 유린할 경우에 대비한 잠재적 피난처로서 발라르를 탐험했다. 곤돌린의 왕 투르곤의 사자들이 모르고스에 대항하기 위해 권능들의 용서와 도움을 구하고자 헛된 발리노르 원정길에 오른 것도 그 출발점은 발라르의 해안이었다. 이 섬은 다섯째 전투의 참화 이후 항구들에서 도망치는 요정들에게는 최후의 은신처가 되었다.

이브린 IVRIN ● 에레드 웨스린 남쪽 사면 밑의 호수와 폭포로 나로그강의 수원. 이 폭포 부근에서 핀로드 펠라군드와 베렌은 한 무리의 오르크를 죽이고 핀로드의 술책에 따라 오르크의 모습을 가장해 앙반드의 모르고스 요새를 향한 여정을 용이하게 할 수 있었다. 투린은 친구인 셴활 벨레그를 뜻하지 않게 죽이고 비탄의 광기에 휩싸였다가 이브린의 수정 같은 물을 마시고서 치유되었다.

라드로스 LADROS ● 도로소니온(타우르누푸인) 북동쪽의 땅으로 놀도르의 왕들이 베오르 가문의 인간들에게 양여했다.

헬레보른호수 LAKE HELEVORN ● '검은 유리'. 사르겔리온 북쪽 레리르산 아래의—깊고 어두운—호수로 그 기슭에 카란시르가 거주했다.

미스림호수 LAKE MITHRIM ● 히슬룸에 자리한 호수로 그 옆에서 페아노르의 놀도르가 가운데땅에 돌아온 후 첫 야영지를 차렸다.

람모스 LAMMOTH ● '큰 메아리'. 드렝기스트하구 북쪽의 땅. 그 이름은 모르고스가 거미 웅골리안트의 어두운 거미줄에 옭매였을 때 내지른 무시무시한 비명의 메아리를 가리킨다.

레골린 LEGOLIN ● 겔리온강의 셋째 지류로 에레드 루인에서 발원했다.

리나에웬 LINAEWEN ● '새들의 호수'. "키 큰 갈대와 얕은 웅덩이"를 좋아하는 새들이 살았던 네브라스트의 큰 호수.

소겔리온 LITTLE GELION ● '겔리온' 참조.

로슬란 LOTHLANN ● '넓고 텅 빈 곳'. 마에드로스 변경 북쪽의 대평원.

말두인 MALDUIN ● 에레드 웨스린에서 발원하여 브레실숲 서쪽에서 테이글린강에 합류한 '노란 강'.

마에드로스 변경 MARCH OF MAEDHROS ('동부 변경'으로도 불림) ● 페아노르의 아들 마에드로스와 그의 형제들이 동벨레리안드에 대한 공격에 대비해 점유했던 겔리온강 수원(水源) 북쪽의 광활한 땅.

네브라스트 습지 MARSHES OF NEVRAST ● 리나에웬을 둘러싼 습지이자 '새들의 호수'.

메네그로스 MENEGROTH ● '천의 동굴'. 난쟁이들의 도움을 받아 에스갈두인강의 동쪽 강둑에 축조된 싱골과 멜리안의 숨겨진 궁정. 가운데땅에서 가장 아름다운 왕궁으로 조각품과 비단 직물이 그득하고 황금 등롱들로 불을 밝혔다. 베렌과 루시엔이 모르고스로부터 탈취한 실마릴을 탐한 노그로드의 난쟁이들의 손에 싱골이 살해된 것이 이 궁전 아래 깊은 곳의 대장간에서였다. 보석이 회수되고 싱골의 암살자들은 붙들려 처형되었지만, 친족의 난쟁이 부대가 앙갚음으로 도시를 공격해 약탈했다. 베렌의 아들 디오르는 실마릴과 싱골의 왕좌 모두를 상속받아 메네그로스를 재건했지만, 페아노르의 아들들이 도리아스를 습격해 보석에 대한 소유권을 주장했을 때 그 또한 살해되고 말았다. 디오르의 딸 엘윙이 용케도 놀도르를 피해 실마릴을 갖고 시리온하구로 도망쳤다.

민데브 MINDEB ● 크릿사에그림의 남쪽 사면 밑에서 발원해 남쪽으로 딤바르와 넬도레스숲 사이를 흐른 시리온강의 지류.

미스림 MITHRIM ● 놀도르가 축복받은 땅에서 돌아왔을 때 페아노르가 야영을 위해 선택한 지역. 야영지가 완성되거나 방비를 갖추기도 전에 오르크들이 야간 공격을 함으로써 다고르누인길리아스, 즉 "별빛 속의 전투"로 명명된 벨레리안드 전쟁의 둘째 전투가 벌어졌다. 나중에 이 영토에는 미스림호수 기슭에 거주하던 핑골핀의 일족이 들어와 살았다.

미스림산맥 MOUNTAINS OF MITHRIM ● 미스림을 도르로민으로부터 갈라놓은 연봉(連峯).

돌메드산 MOUNT DOLMED ● '젖은 머리'. 산마루 아래로 난쟁이 길이 뻗은 산.

레리르산 MOUNT RERIR ● 헬레보른호수 북쪽에 위치한 산으로 이곳에서부터 대겔리온강이 남서쪽으로 흘렀다. 페아노르의 아들 카란시르가 이 지역의 땅을 점유했다.

타라스산 MOUNT TARAS ● 네브라스트 서단(西端) 곶 위의 산으로 투르곤이 곤돌린으로 떠날 때까지 그 밑의 비냐마르에서 거주했다.

시리온하구 MOUTHS OF SIRION ● 시리온강의 하구로 그 옆에서 서녘의 아만으로 항해하지 않은 다수의 텔레리가 한동안 싱골의 동생 올웨의 통치 아래 거주했다. 그들은 옷세의 가르침을 따라 바다와 그 음악을 사랑하게 되었으니 그들의 절창은 그 영감에 힘입은 것이었다. 이 기슭에서 에아렌딜은 자신의 배 빙길롯, '거품꽃'을 건조해 그것을 타고 축복받은 땅으로 항해했다.

난 둔고르세브 NAN DUNGORTHEB ● (에레드 고르고로스와 도리아스 사이의) '끔찍한 죽음의 골짜기'. 이곳에서 거미 웅골리안트가 일으킨 공포 때문에 그렇게 명명되었다.

난 엘모스 NAN ELMOTH ● 켈론강 동쪽의 숲으로 이곳에서 싱골(당시엔 엘웨로 불렸는데)은 멜리안이 부르는 노래에 홀려 동행하던 나머지 요정들을 잊어버렸고, 그들은 그가 없는 가운데 서녘으로 항해했다. 싱골과 멜리안은 결혼하여 메네그로스의 '은밀한 궁전'에서 웅대하게 다스렸다. 후에 대장장이 에올(검은요정)이 이곳을 근거지로 삼아 곤돌린의 백색 숙녀 아레델을 유혹해 그녀와 결혼했고, 그녀는 그에게 아들 마에글린을 낳아 주었다.

난타스렌 NAN-TATHREN ● 시리온강 북쪽 수로 위의 '버드나무 골짜기' 또는 '버드나무땅'으로 이곳에서 나로그강이 시리온강에 합류했다. 투오르, 이드릴 및 에아렌딜은 파멸하는 곤돌린에서 도망친 후 이곳에서 휴식했다.

나르고스론드 NARGOTHROND ● 높은 파로스 혹은 타우르엔파로스로 불리는 삼림 고지 아래 계곡 동굴들 속에 자리한 나로그 강변의 거대한 지하 요새로 메네그로스의 조각된 싱골 궁전에서 영감을 얻어 핀로드가 에레드 루인 난쟁이들의 지원을 받아 건축했으며, 난쟁이들은 그에게 펠라군드, '동굴을 파는 이'라는 이름을 붙여 주었다. 이곳에서부터 핀로드는 나중에 모르고스의 강철 왕관에서 실마릴들 중 하나를 탈취하려는 베렌의 원정길에 동행했다. 사냥개 후안의 도움으로 탈출해 베렌을 찾아 나서기까지 루시엔은 이곳에 포로로 붙잡혀 있었다. 이 도시는 결국 용들의 아버지 굴라우룽과 오르크 대군에 의해 파괴되었다.

나로그 NAROG ● 에레드 웨스린의 남쪽 사면 밑 이브린에서 발원해 나르고스론드의 핀로드 궁전을 지나며 흐르다 난타스렌에서 시리온강에 합류한 강.

넬도레스 NELDORETH ● 도리아스의 북부를 이루는 거대한 너도밤나무숲으로 싱골과 멜리안의 딸 루시엔의 출생지.

넨닝 NENNING ● 서벨레리안드의 구릉지에서 발원해 에글라레스트 항구에서 대해로 흘러내리는 강.

네브라스트 NEVRAST ● '이쪽 해안'. 에레드 로민과 서쪽바다 사이의 지역으로 핑골핀의 아들 투르곤이 오랫동안 점유했다.

님브레실 NIMBRETHIL ● 아르베르니엔의 자작나무숲으로 발라르 곶 동쪽에 있었다.

니브림 NIVRIM ● '서부 변경'. 거대한 참나무가 많았던 시리온강 서쪽의 삼림지.

노그로드 NOGROD ● '대동굴'. 움푹 팬 거처, 난쟁이들의 거대한 두 도시 중 하나(다른 하나는 벨레고스트)로 에레드 루인의 동쪽 사면에 건설되었다. 난쟁이 언어로 이 도시의 이름은 투문자하르였다.

옷시리안드 OSSIRIAND ● '일곱 강의 땅'. 겔리온강과 그 여섯 지류들로 초록요정들이 살았는데, 그들의 노래 소리는 겔리온강 너머까지 들렸다. 그 때문에 놀도르는 이 땅을 '린돈' 혹은 '음악의 땅'으로 불렀고 에레드 루인 산맥은 에레드 린돈으로 명명했다.

아글론고개 PASS OF AGLON ● 힘링과 도르소니온 사이의 '좁은 고개'로 도리아스의 관문이 되었고, 켈레고름과 쿠루핀이 이곳을 요새화하고 점유했다.

아나크고개 PASS OF ANACH ● 타우르누푸인에서 크릿사에그림의 사면과 에레드 고르고로스의 서쪽 봉우리들 사이로 빠져나온 고개.

람달 RAMDAL ● 안드람의 분수령이 아몬 에레브 서쪽에서 끝나는 '성끝'.

테이글린 골짜기 RAVINES OF TEIGLIN ● 테이글린강이 브레실숲의 남쪽으로 흐르는 통로. 시리온강이 테일글린강과 합류하는 지점과 아엘린우이알 사이의 시리온강 서쪽 삼림지는 거대한 참나무가 많았고 니브림, '서부 변경'으로 불렸다.

나르고스론드 왕국 REALM OF NARGOTHROND ● 나로그강의 동쪽과 서쪽을 아우르는 놀도르 왕국으로 핀로드가 나르고스론드에서 다스렸다.

레기온 REGION ● 도리아스 남부의 울창한 숲 지대.

레리르 RERIR ● '레리르산' 참조.

링귈 RINGWIL ● 높은 파로스에서 '곤두박이로 굴러 떨어져' 요정 도시 나르고스론드를 지나 흐르는 나로그강에 합류한 개울.

리빌 샘터 RIVIL'S WELL ● 리빌강의 수원으로 북쪽으로 떨어져 세레크습지에서 시리온강에 합류하는 개울. 이곳에서 베렌은 아버지 바라히르의 죽음에 책임이 있는 오르크 대장을 베어 버렸다.

사른 아스라드 SARN ATHRAD ● 난쟁이길이 겔리온강을 가로지르는 지점의 '돌여울'. 베렌과 옷시리안드에서 온 초록요정들이 메네그로스를 약탈하고 돌아오는 노그로드의 난쟁이들을 매복 공격한 곳. 베렌은 되찾은 실마릴을 지니고 톨 갈렌으로 갔고, 거기서 그것을 착용한 루시엔의 불꽃같은 아름다움은 그 작은 섬을 발리노르의 환영처럼 보이게 했다.

시리온 SIRION ● 벨레리안드의 '대하'. 에이셀 시리온에서 발원해 아르드갈렌의 바깥 유역을 따라 흐르다 세레크습지 그리고 에레드 웨스린과 도르소니온 사이의 고개를 거쳐 브레실과 딤바르 사이에서 톨 시리온섬을 돈 다음 도리아스와 시리온습지, 시리온폭포를 넘고 난타스렌의 버드나무땅을 거쳐 발라르만에 이르렀다.

탈라스 디르넨 TALATH DIRNEN ● '파수평원'. 나로그강 동쪽 나르고스론드 왕국의 일부로 용 글라우룽에 의해 폐허가 되었다.

타라스 TARAS ● '타라스산' 참조.

아엘루인호수 TARN AELUIN ● 황야의 호수로 그 부근에서 바라히르와 도르소니온 사람들은 모르고스의 부관 사우론의 부대에 의해 발견되어 살해되기까지 무법자로 살았다.

타우르엔파로스 TAUR-EN-FAROTH ● 삼림 고지(높은 파로스로도 알려짐)로 이곳에서부터 링귈강이 요정 도시 나르고스론드 터 위의 나로그강으로 돌입했다.

타우르임두이나스 TAUR-IM-DUINATH ● 시리온강과 겔리온강 사이의 안드람 남쪽에 위치한 '강들 사이의 숲'. '빽빽한 야생의 삼림 지대'로 소수의 떠돌이 어둠의 요정 외에는 드나드는 이가 없었다.

타우르누푸인 TAUR-NU-FUIN ● '밤그늘의 숲'. 한때는 도르소니온, '소나무의 땅'으로 불렸다. 이곳에서 투린은 모르고스의 오르크들로부터 자신을 구하려던 친구, 센활 벨레그를 오인하여 살해했다.

테이글린 TEIGLIN ● 에레드 웨스린에서 발원해 도리아스에서 시리온강으로 흘러드는 강. 테이글린 건널목 남쪽의 깊은 협곡 카베드엔아라스에서 투린은 용 글라우룽을 살해했고, 니에노르

는 자신이 오빠의 아이를 낳을 것을 알고는 이 강에 투신했다. 이후, 투린은 이곳으로 돌아와 자살했다. 투린의 아버지 후린이 모르고스에게서 풀려난 뒤 아내 모르웬과 짧은 재회를 했던 곳이 바로 이 불운의 장소였다.

살로스 THALOS ● 에레드 루인에서 겔리온강으로 흐르는 강이자 겔리온강의 두 번째 지류. 그 수원(水源) 근처에서 핀로드 펠라군드가 발란(후에 베오르로 불렸던)과 청색산맥을 넘은 첫 인간들을 조우했다.

사르겔리온 THARGELLION ● '겔리온강 너머의 땅'. 서쪽의 겔리온강과 동쪽의 에레드 루인 사이 그리고 북쪽의 레리르산과 남쪽의 아스카르강 사이의 지역. 이곳은 나중에 도리아스 습격에서 살해된 페아노르의 넷째 아들 카란시르의 영토였다. (원래 회색요정들이 탈라스 루넨, '동쪽 골짜기'라고 불렀던) 이 지역에서 놀도르는 청색산맥에서 온 난쟁이들을 처음 만났다. 할라딘으로 알려진 인간들이 벨레리안드로 들어와 옷시리안드 초록요정들의 적의(敵意)에 부딪친 후 이곳에 정착했다.

톨 갈렌 TOL GALEN ● 옷시리안드의 아두란트강 속의 '초록 섬'으로 베렌과 루시엔이 죽음에서 돌아와 거주했고 또 모르고스의 왕관에서 잘라 낸 실마릴이 한동안 자리했던 곳. 이 지역은 도르 피른이구이나르, '살아 있는 죽은 자들의 땅'으로 불리게 되었다.

톨 시리온 TOL GALEN ● 시리온강이 에레드 웨스린과 도르소니온 사이의 고개를 통해 흐르는 지점의 섬으로 거기에 피나르핀의 아들 핀로드 펠라군드가 '감시의 탑' 미나스 티리스를 세웠다. 그 탑은 사우론의 수중에 들어간 뒤에는 톨인가우르호스, '늑대인간들의 섬'으로 불렸다. 베렌과 핀로드가 사우론에 의해 이 섬에 감금되어 있었는데, 사우론이 보낸 늑대인간이 베렌을 삼키려 할 때 핀로드가 베렌을 구하고 죽은 곳이 바로 이곳이었다. 사냥개 후안은 루시엔을 그 탑으로 데려가 늑대 모습을 취한 사우론을 제압했고, 그 후 루시엔은 그 섬을 장악하고 포로들을 석방했다.

툼할라드 TUMHALAD ● 깅글리스강과 나로그강 사이의 계곡. 이 곳에서 벌어진 모르고스 군대와의 전투에서 나르고스론드의 군대가 오르크 대군과 용 글라우룽에게 패퇴해 "나르고스론드의 군대와 그들의 긍지는 모두 무너지고 말았다".

비냐마르 VINYAMAR ● '새로운 거처'. 핑골핀의 차남이자 요정 도시 곤돌린의 창건자 투르곤이 소유했던 네브라스트의 집. 발라 울모와 그를 받드는 옷세가 한때 이 해안을 빈번히 방문했기에 많은 요정들이 바닷가의 이 지역에 거주했다. 이곳에서 투오르는 투르곤이 남긴 갑주를 차려 입고 울모의 명을 받아 곤돌린으로 가서 왕과 그 백성에게 도시를 떠나 바다로 갈 것을 경고했다.

서벨레리안드 WEST BELERIAND ● '벨레리안드' 참조.

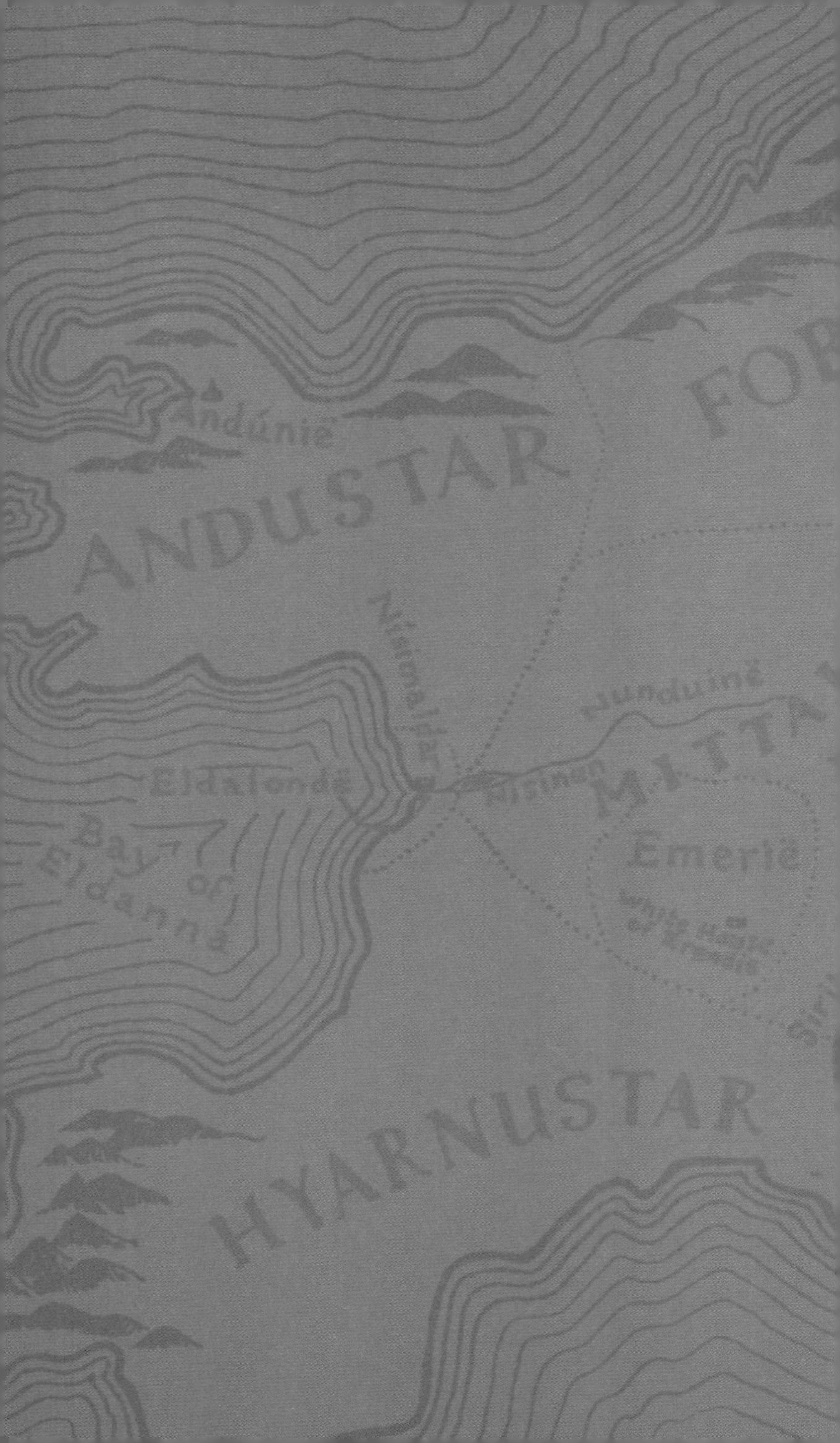
Andúnië
ANDUSTAR
Eldalondë
Bay of Eldanna
Nunduinë
Emerië
HYARNUSTAR

THE LAND OF THE STAR
About the Map of
Númenor

별의 땅
누메노르의 지도에 관하여

별의 땅
누메노르의 지도에 관하여

분리의 바다 큰물 밑으로 오래전에 사라지긴 했어도 누메노르섬은 그 몰락에서 살아남은 자들의 가슴속에선 하나의 깊은 동경으로 명맥을 유지했다. 그리고 누메노르의 몰락과 반지전쟁 사이에는 삼천 년 이상의 세월이 가로놓여 있지만, 그 두 사건들과 그것들에 연루된 자들의 운명은 떼려야 뗄 수 없는 끈으로 이어져 있었다.

『반지의 제왕』에는 누메노르와 그 족속에 대한 감질나게 하는 언급이 여러 번 있거니와, 가운데땅의 서쪽 대해에 놓인 이 수수께끼 같은 섬의 불운한 역사는 톨킨에게 크나큰 매력으로 다가들었다. 누메노르는 저자 사후에 『가운데땅의 역사』의 5권과 9권으로 출간된 「잃어버린 길」과 「노션 클럽 문서」 같은 다양한 미완의 문학적 기획들의 잠재적 주제였다. 누메노르의 역사에 대한 설명은 『실마릴리온』 속 「아칼라베스(누메노르의 몰락)」와 『끝나지 않은 이야기』 속 제2시대에 관련된 장(章)들에서도 발견될 수 있다. 또한 『끝나지 않은 이야기』에는 유일한 누메노르의 그림이 수록되어 있는바, 그것은 크리스토퍼 톨킨이 지도로 만든 것으로 이젠 존 하우의 이 새로운 시각화 작업의 영감이 되었다.

누메노르의 땅이 생성된 것은 가운데땅의 제2시대 초기였다.

모르고스의 타도와 그의 세상 너머로의 추방 후에 서녘의 군주들, 즉 발라들은 회의를 통해 엘다르(가운데땅의 맏이 종족인 요정들)에게 서녘으로 돌아와 모든 땅들 가운데 발리노르, 즉 축복받은 땅에서 가장 가까운 외로운섬 에렛세아에 거주하라고 권고했다.

또한 발라들은 둘째로 태어난 인간 종족 가운데 (신다린 요정어로 에다인으로 알려진) 요정들과 동맹하여 모르고스에 맞서 싸운 자들의 욕구도 배려해 이 요정의 친구들을 위해 가운데땅과 축복받은 땅의 어느 쪽에도 속하지 않는 새로운 땅을 만들었는데, 그 땅은 비록 발리노르에 더 가깝긴 해도 넓은 바다에 의해 양쪽 모두로부터 이격되어 있었다.

물의 군주 울모를 받드는 옷세에 의해 바다의 심연에서 일으켜 세워진 그 섬은 형태상 오각(五角)의 별을 닮았다. 발라들 중에서 대장장이와 명공(名工)의 직분을 맡은 아울레가 초석을 놓은 그 섬을 '열매를 주는 이' 야반나가 아름답고 풍요롭게 만들었다. 그렇게 만반의 준비가 갖추어졌을 때 가운데땅으로부터 대해(벨레가에르—역자 주)를 건너는 여정에 오를 자들의 길잡이로 에아렌딜의 별이 서녘에서 새로운 광휘로 빛났다.

다음으로는 인간과 요정의 피가 섞인 반(半)요정 페레딜 태생의 엘로스와 엘론드에게 운명의 선택권이 주어졌던 바, 곧 요정들과 함께 머물러 엘다르에게 부여된 불사의 선물을 공유하거나 아니면 인간과의 친족 관계를 택하여 가운데땅 다른 인간들의 수명보다 몇 배나 긴 수명을 누리되 필사의 운명을 수용하는 것이었다.

엘론드는 가운데땅에서 첫째자손으로 남기를 선택해 거기서 임라드리스 또는 깊은골이라 불리는 피난처를 수립하고 대략 2천 년 후에는 사우론의 세력에 맞선 인간과 요정의 마지막 동맹에, 그리고 제3시대에는 반지전쟁에 참여할 것이었다.

그러나 엘로스는 인간들의 왕이 되기로 선택하고 가운데땅 제2시대 32년에 에다인과 함께 발라들이 고요하게 만들어 준 바다를 건너 황금빛 아지랑이 속에서 바다 위에 가물거리는 땅을 향해 돛을 올렸다.

발라들은 그것을 선물의 땅, 안도르로 이름 지었지만 에다인은 에아렌딜의 별로부터 받은 인도(引導)를 기려 그것을 엘렌나 혹은 "별빛 쪽으로"라고 불렀다. 또한 그것은 에다인의 언어로는 아나두네, 퀘냐 요정어로는 누메노레 또는 누메노르—서쪽나라 또는 서쪽 땅으로 번역되는 이름들—로 불리기도 했다.

두네다인, 즉 서쪽의 에다인으로 알려진 종족의 시작이 이러했다. 엘로스가 그들의 초대 왕이 되어 타르미냐투르라는 칭호를 취하고 410년 동안 다스릴 거대한 성채 아르메넬로스를 세웠다.

두네다인이란 이름은 누메노르의 몰락 후 오랜 세월이 흐른 제3시대에도 여전히 순찰자들을 이르는 데 쓰였는데, 아라소른의 아들 아라고른이 북부 두네다인의 족장 또는 그냥 두나단으로 불렸다.

발라들의 축복을 받은 데다 배를 타고 정기적으로 서녘에서 와 지혜와 전승 기예를 공유하고 높은요정들의 언어를 가르쳐 준 엘다르의 우정을 누리면서 두네다인은 크게 번성했다. 또한 엘다르는 에렛세아에서 자란 백색성수의 묘목으로 아르메넬로스의 왕궁에 심어진 님로스를 포함하여 많은 진귀한 선물을 누메노르에 가져다주었다.

발라들에 대한 경외감과 사랑에서 그리고 선물의 땅에 감사하여 두네다인은 메넬타르마 또는 하늘의 기둥이라 불리는 성산(聖山)의 정상에서 유일자 에루 일루바타르를 경배했다.

선박 건조는 에다인이 습득한 기예들 중 하나였던 바, 항해술을 숙달하면서 그 종족의 다수는 『끝나지 않은 이야기』 속의 단장(斷章) 「뱃사람의 아내」에 기록된 것과 같은 길고 때로는 위태로운 항해들에 착수했다. 이 이야기는 부분적으로 누메노르의 제5대 왕 타르메넬두르의 아들 알다리온과 알다리온의 아내 에렌디스의 역사를 일러 주며, 에렌디스의 하얀 집은 누메노르의 지도에 나타나 있다.

누메노르인들의 항해술에도 불구하고, 발라들은—두네다인이 축복받은 땅의 거주자들이 누리는 불멸성에 대한 갈망에 혹하는 것을 방지하고자—누메노르의 해안이 보이지 않을 만큼 서녘으로 항해해서는 안 된다고 선포함으로써 그들의 항해에 한계를 부과했다. 두네다인은 이런 금제를 2천 년 동안 수용한 끝에 자신들이 누리는 긴 세월의 삶에도 불구하고 왜 자신들이 종국에는 죽음의 운명을 감내해야만 하는지를 묻기 시작했다.

가운데땅에는 또한 소요(騷擾)의 기운이 꿈틀거리고 있었다. 사우론이 또 한 번 떨쳐 일어섰고 누메노르인들의 커 가는 세력에 놀라 모르도르에 요새를 구축하고 완성에 6백 년이 걸릴 과업인 바랏두르의 축조를 개시했다. 사우론의 후견하에 에레기온의 요정 대장장이들이 세 개의 반지를 벼려 냈고 다른 한편으로 사우론은 운명의 산의 불길 속에서 자기 몫의 절대반지를 주조했다.

요정들과 사우론 사이의 전쟁이 시작되었고, 그 싸움에서 누메노르의 제11대 왕 타르미나스티르가 막대한 해군을 원병으로 보내자 사우론은 일시적으로 패배했다.

서녘으로 너무 멀리 항해해선 안 된다는 금제에 대한 불만이 커지고 있다는 소식을 듣고 발라들이 엘다르 중에서 뽑은 사자들을 보내 두네다인에게 반란을 일으키지 말 것을 경고한 것은 누메노르의 제13대 왕 타르아타나미르의 치세 때였다. 그러나 다음 군주, 타르앙칼리몬이 즉위할 즈음에 누메노르 사람들은 두 파당으로 갈라졌으니, 첫째자손과 발라들로부터 마음이 멀어진 다수파 '왕의 사람들'과 서녘의 군주들의 지배를 수용하고 엘다르와의 우의를 지킨 엘렌딜리 혹은 '요정의 친구들'이었다.

두네다인의 일부 현자들이 사자(死者)를 소생시키는 방법을 찾아 나선 반면에 왕들은 이 세상에서의 유체(遺體)를 보존하고자 점점 더 호화로운 무덤을 손수 세워 나갔다.

또한 두네다인은 자신들의 좌절된 야심을 가운데땅에서의 지배권으로 돌리기 시작했지만, 거기에는 아홉 반지의 노예들 즉 나즈굴의 출현과 더불어 사우론의 그림자가 또 한 번 널리 뻗쳐 있었던 데다 그 아홉 중에는 누메노르 종족의 위대한 영주 셋이 포함되어 있었다고 한다.

제2시대 3255년 아르파라존이 제25대 군주가 되어 해양왕들의 왕홀을 차지했다. 가운데땅에서 사우론의 세력이 강성해지고 있고 또 그가 인간들의 왕이란 칭호를 취하곤 누메노르를 파괴시킬 의도를 천명했다는 것을 알고 아르파라존은 동쪽에 대한 대대적인 공세를 계획했다.

누메노르의 막강한 군세에 맞닥뜨리자 사우론은 싸우려고 하는 대신 아르파라존에게 충성을 맹세했고 심지어는 볼모가 되어 누메노르로 이송되는 것도 감수했다. 그렇지만 3년 내에 사우론은 아첨과 교묘한 기만술로 아르파라존이 가장 신임하는 고문이 되어 왕으로 하여금 암흑의 군주 멜코르를 경배하도록 만들기 시작했다.

왕의 고문들 중에서 홀로 일루바타르에게 계속 충실했던 이는 아만딜이었는데, 그는 아들 엘렌딜과 손자들 이실두르, 아나리온과 함께 왕도(王都) 아르메넬로스를 떠나 로멘나 항구로 갔다.

사우론은 왕에게 아름다운 님로스, 즉 백색성수를 벨 것을 종용함으로써 아르파라존을 타락시키는 작업을 계속했다. 이 만행이 성사되기 전에 엘렌딜의 아들 이실두르는 변장한 채 왕의 궁전으로 가 파수병들을 통과한 다음 그 나무로부터 열매 하나를 손에 넣었다. 그러나 파수병들이 잠에서 깨자 이실두르는 싸우지 않을 수 없었고, 그는 도주하다가 많은 상처를 입었다. 그렇게 되자 아르파라존은 사우론의 요청에 따랐고, 백색성수는 베어졌다. 그렇지만 이실두르가 훔친 열매는 비밀리에 심어져 아만딜의 보살핌 속에 뿌리를 내리고 자랐다.

아르파라존은 일루바타르에 대한 더 이상의 모든 충성을 저버리고 사우론의 뜻에 따라 거대한 사원을 건립했다. 기부(基部)에 약 15

미터 두께의 벽을 두르고 150미터 높이로 우뚝 선 이 사원에는 은빛 둥근 지붕이 있었는데, 그것은 처음엔 햇빛을 받아 빛났지만 사우론이 님로스를 땔감으로 하여 제단 위에 피운 번제의 불에서 솟구쳐 어느 열린 구멍으로 분출된 연기로 이내 새카매지고 말았다.

누메노르는 소요와 무분별한 살육으로 가득 찼고, 사우론의 손길이 왕을 이끄는 가운데 아르파라존은 폭군이 되어 가운데땅 사람들에게 전쟁을 걸었고, 그들을 노예로 삼거나 멜코르의 제단에 제물로 바쳤다.

이윽고 왕의 수명이 종막을 향해 갈 때 사우론은 이제야말로 그가 끝없는 삶의 선물을 받을 만한 고로, 만약 발라들이 그에게 그것을 거부한다면 무력을 써서라도 그것을 요구해야 한다고 아르파라존을 설복시킴으로써 자신의 야심찬 계략을 완성시켰다.

왕이 발라들을 대적할 전쟁을 획책할 때 아만딜은 발라들의 조언을 구하고 자기 사람들에게 닥칠 재앙을 피하고자 배를 타고 서녘으로 갔다. 이 항해의 끝은 결코 알려진 바 없지만 아만딜의 아들 엘렌딜과 그의 아들들 이실두르와 아나리온은 비밀리에 '충직한 자들'을 모아 누메노르에서 달아날 배들에 의장(艤裝)을 갖추고 싣고 갈 전승 지식의 두루마리, 전래의 가보 및 아름다운 님로스의 열매에서 자라난 어린나무를 챙겼다.

전운이 더 험악해지면서 드디어 아르파라존은 자신의 장대한 배, 바다의 성(城)으로 불리는 알카론다스에 올라 발라들의 금제를 어기고 막강한 선단(船團)을 서녘으로 이끌어 엘다르의 본고장 에렛세아섬을 지나 축복받은 땅 아만에 이르는 항해에 나섰다.

일루바타르가 그에 대응하여 세상에 경천동지의 일대 격변을 일으켰다. 언덕들이 아르파라존과 그의 병사들 위로 무너지고 발리노르와 누메노르 사이의 바다에 깊게 갈라진 틈이 열려 왕의 선단을 삼켜 버리니 선물의 땅에 파멸이 닥쳤고, 바람과 지진 그리고 메넬타르마의 정상에서 분출한 불길로 말미암아 누메노르는 그 모든 사람들과 함께 바닷속으로 가라앉고 그곳의 부와 지혜는 영구히 사라졌다.

이때 세상의 형태가 변했다. 새로운 땅들과 새로운 바다들이 만들어지고 발리노르와 엘다르의 안식처 에렛세아는 인간의 손길이 닿을 수 없는 숨겨진 것들의 영역에 놓였다. 그 후, 서녘의 축복받은 땅에 이르는 길은 '잃어버린 길'로 알려지게 되었다.

누메노르의 충직한자들은 엘렌딜, 이실두르 및 아나리온의 인도 하에 파멸을 면했으니, 그들의 땅에 최후의 심판을 가져온 대격변의 엄청난 파도가 그들의 아홉 척 배를 가운데땅의 해안으로 내던진 덕분이었다. 거기서, 그들에겐 제2시대의 저물어 가는 세기에 사우론에 맞선 투쟁에서 해야 할 역할이 있었던 것이다.

누메노르에 파멸이 닥쳤을 때 사우론은 아르메넬로스의 사원에 좌정해 있다가 심연 속으로 내던져졌다. 비록 인간이 보기에 호감 가는 형체를 결코 다시는 취할 수는 없었지만 그는 마이아인지라 소멸되진 않았다. 그는 영(靈)으로서 심연에서 솟아 바람과 그림자로서 바다를 건너 모르도르 땅 암흑의 탑으로 돌아갔다. 거기서 그는 절대반지와 재결합하여 모든 것을 보는 눈의 무시무시한 사우론이 되었다.

누메노르의 몰락과 더불어 많은 이름을 지녔던 그 땅은 그때로부터 마르누팔마르, 즉 파도 밑의 땅, 침몰의 아칼라베스 또는 높은 요정들의 언어로는 아탈란테로 알려지게 되었다.

NORTH CAPE
북곶

SORONTIL
소론틸산

포로스타르
FOROSTAR

에넬타르마산
MENELTARMA

안두니에
ANDÚNIÉ

BAY of ANDÚNIÉ
안두니에만

안두스타르
ANDUSTAR

노르누엘로
NORNUEN

아란도르
ARANDOR

NÍSIMALDAR
니시말다르

MITTALMAR
밋탈마르

ARMENELOS
아르메넬로스

ELDALONDE
엘달론데

RÓMENNA
로멘나 항구

BAY of
ELDANNA
엘다만

NÍNDOR
니시네응수

EMERIÉ
에메리에

SÍRIL
시릴강

WHITE HOUSE
of ERENDIS
에렌디스의 하얀 집

하르누스타르
HYARNUSTAR

하로
HYARR

NÍNDAMOS
닌다모스

THE MAP OF
TOLKIEN'S
NÚMENOR

로멘나만

영화 기획에 관련된 나의 작업은 나에게 누메노르의 지도를 위한 꽤 많은 사전 평가 기준을 제공했는데, 그중 특기할 만한 것이 이 지도를 에두른 장식용 띠 위의 디자인이다. 내 작업은 그것뿐만 아니라 내가 의거할 또 다른 뉴질랜드의 풍경을 가져다주었으니, 포로스타르곶의 풍경은 (지도 하단 좌우의 네모꼴 그림들 속에 보이는) 실제로 웰링턴 정남동쪽의 화이트 락스라고 불리는 장소에 있다. 나는 가슴 뛰게 하고 영감을 불러일으키는 풍경을 발견했을 뿐만 아니라 또 바람 거센 전형적인 웰링턴 날씨의 덕도 봤지만 그 때문에 몇 주가 지난 지금도 내 카메라에 긴 모래를 발견하고 있다.

존 하우

주요 지명들

안두니에 ANDÚNIË (일몰, Sunset) ● 안두니에만의 큰 항구로 해안 가
장자리에 마을이 있고 가파르게 솟은 내륙의 비탈들 위로 다
른 많은 처소들이 있었다. 왕가(王家) 다음으로 높은 명예를 누
린 안두니에의 영주는 엘다르에 대한 사랑이 대단해서 누메
노르에 어둠이 커져 가는 참에도 발라들에 대한 존경심을 견
지했다. 에렛세아 엘다르의 배들이 꽃, 향료 식물 및 에렛세아
의 한가운데서 자란 백색성수 켈레보른의 묘목이 포함된 선물
을 싣고 오곤 하던 곳이 바로 이 항구였다. 타르메넬두르 치세
에 왕의 후계자 알다리온은 바다를 싫어하고 불신하는 에렌디
스를 달래 줄 수 있으리라는 희망에서 로멘나로부터 떠난 연안
항해에서 에렌디스를 배에 태워 이곳으로 데려왔다. 나중에,
그는 엘다르의 왕림으로 축복받은 향연에 그녀를 자신의 신부
이자 미래의 왕비로서 데리고 함께 돌아왔다. 첫째자손의 그
같은 방문은 누메노르의 제23대 왕 아르기밀조르의 시절까지
계속되었지만, 그의 치세 동안 엘다르는 발라들의 염탐꾼으로
간주된 탓에 더는 서녘으로부터 오지 않았다.

안두스타르 ANDUSTAR (서부 지역, Westlands) ● 세 개의 만―가장 북
쪽의 것이 안두니에 항구를 안은 안두니에만―을 지닌 북쪽과

북서쪽의 암석투성이 해안선에서부터 자작나무, 너도밤나무, 참나무 및 느릅나무의 삼림들 그리고 엘달론데, 니시말다르 및 엘단나만 주변 지역으로 알려진 땅들을 품은 남쪽의 옥토(沃土)에 이르기까지 극적인 대조상을 보이는 지역.

아란도르 ARANDOR ● 왕의 땅으로 분리 지정된 밋탈마르의 작은 일부에 불과했지만 누메노르에서 인구가 가장 밀집된 지역. 이곳에 로멘나 항구, 성산(聖山) 메넬타르마 및 거대한 도시 아르메넬로스가 있었다.

아르메넬로스 ARMENELOS ● 왕도(王都)이자 아란도르에서 메넬타르마의 동쪽까지 펼쳐진 누메노르 통치자들의 처소. 발라들에 의해 두네다인의 초대 왕으로 지명된 에아렌딜의 아들 엘로스가 그 탑과 성채를 건립했다. 이 도시는 크나큰 부와 호사를 누리는 도시가 되었고, 누메노르의 제25대 왕 아르파라존이 가운데땅으로부터 사우론을 볼모로 데려온 것이 이곳이었다. 그러나 사우론은 후에 왕과 친밀해져 그로 하여금 암흑의 군주 멜코르를 경배케 하고 메넬타르마에서 거행되는 의식과 거창한 사원의 건립을 종식시켰다. 다음으로 사우론은 백색성수를 잘라 사원의 제단에서 태우게 하고 종국에는 아르파라존을 부추겨 발라들에 맞서 무장 궐기하여 대군을 이끌고 축복받은 땅으로 항해케 했는데, 이 거사가 누메노르의 파멸을 초래했다.

안두니에만 BAY OF ANDÚNIË ● 안두스타르 해안 세 개의 만 가운데 가장 크고 가장 북쪽에 있는 만으로 안두니에 항구를 보호했다.

엘단나만 BAY OF ELDANNA ● 안두스타르곶과 햐르누스타르곶의 보호를 받는 이 거대한 만의 이름은 불사의 땅 동쪽 끝에 있는 톨 에렛세아를 마주 본 데서 생긴 바, 누메노르 역사의 초기에 엘다르가 빠르고 흰 배들에 누메노르인의 삶을 풍요롭게 할 선물들을 싣고 왔을 때 그 출발지가 톨 에렛세아였다. 이 만의 중앙에는 초록항 엘달론데로 알려진 푸른 잎이 무성한 항구가 있었다.

엘달론데 ELDALONDË ● (에렛세아의 어느 항구만큼이나 아름다웠다는 세평 때문에) 엘다르의 항구로 명명된 이 지역은 또한 초록항 엘달론데로도 알려졌는데, 서쪽 바다로는 탁 트여 있고 북쪽으로부터는 보호된 가운데 따뜻하고 습한 기후를 누리기 때문이었다. 그런 기후 덕분에 감미로운 내음의 많은 나무들이 만의 바다 쪽 비탈들과 내륙 깊숙한 데서 잘 자랐기에 이 지역은 니시말다르, 즉 향긋한 나무로 알려졌다.

에메리에 EMERIË ● 양의 방목에 이용되는 굽이진 초원을 안은 밋탈마르의 한 지역. 에렌디스가 바다보다는 누메노르의 땅에 대한 사랑을 일깨울 수 있으리란 희망으로 왕의 후계자 알다리온을 데려온 것이 바로 이곳이었다. 그리고 이곳에 에렌디스의 하얀 집이 세워졌다.

포로스타르 FOROSTAR (북부 지역, Northlands) ● 헤더로 덮인 황야들과 전나무와 낙엽송이 우거진 소수의 비탈들과는 달리 북곶의 암석 고지를 포함해 돌투성이의 이 지역은 누메노르에서 가장 비옥하지 못한 곳이었다.

햐르누스타르 HYARNUSTAR (서남부 지역, Southlands) ● 동쪽의 비옥한 땅이 큰 포도밭들을 길러 낸 것과는 대조적으로 서쪽과 남쪽의 해안선을 따라 낭떠러지 면들이 우뚝 솟은 다채로운 지역. 이 지역과 햐로스타르 지역 사이로 시릴강이 흘렀다.

햐로스타르 HYARROSTAR (동남부 지역, Southeastlands) ● 여러 나무 중에서도 노란 꽃이 피는 라우링케 나무가 빽빽이 우거진 탓에 그릇되게도 발리노르의 두 나무 중 손아래로 종종 태양의 나무로 불리는 라우렐린에서 유래한 것으로 생각되었다. 누메노르의 제6대 왕 타르알다리온 치세부터 이곳은 수부왕(水夫王)으로 알려진 이 군주가 후원한 선박 건조 사업에 필요한 나무들을 기르는 조림지가 많은 지역이 되었다.

메넬타르마 MENELTARMA ● 밋탈마르의 중앙을 향해 위치하며 에루 일루바타르의 경배에 바쳐진 높은 산. 그 이름은 번역하면 '하늘의 기둥'을 뜻하지만, 이것은 또한 성산(聖山) 혹은 거룩한 산으로도 지칭되었다. 산의 기부(基部)는 타르마순다르, 즉 '기둥의 뿌리들'로 알려진 곳들을 향해 방사상으로 뻗은 다섯 개의 길고 낮은 등성이들을 안고 있었다. 남동쪽과 남서쪽 등성이들 사이에 노이리난으로 알려진 얕은 계곡이 놓였다. 풀이 무성하고 완만한 산비탈들은 오를수록 점점 가팔라져 정상 부근에서는 그 암벽을 오를 수가 없었다.

타르마순다르의 남서쪽 등성이에서 시작해 산꼭대기와 성소(聖所)까지 오르는 나선형의 길이 나 있고, 성소는 사원이나 제단 같은 표지는 없었지만 성스러운 장소였다. 이곳으로는 연장이나 무기를 가져갈 수 없었고, 이곳에서는 오직 왕만이 말할 수 있었는데 그것도 왕이 에루 일루바타르에게 기도를 올리는 연중 세 번의 축일에 국한되었다. 초봄의 에루케르메에서 왕은 다가오는 해에 대한 에루의 도움을 빌었고, 한여름의 에룰라이탈레에서는 찬양 기도를 올렸으며 가을 끝 무렵의 에루한탈레는 추수 감사의 때였다. 성소는 천연 원형 경기장의 형태로 이런 축일들에 왕을 따르려는, 흰 옷을 차려 입고 화환을 든 채 침묵 속에 산길을 오르는 수많은 사람을 수용할 만큼 컸다.

백성들에게는 연중 어느 때건 산꼭대기까지 오르는 것이 허락되었지만, 그곳에서의 침묵은 두려울 정도였다고 한다. 거기서 보이는 새들이라곤 만웨의 증인들로 알려진 세 마리 독수리뿐으로 이들은 누군가가 정상에 다가올 때마다 나타나 서쪽 가장자리의 세 개의 바위에 앉아 감시를 계속했다. 그러나 세 차례 기도의 축일들에 그들은 날개를 쭉 펼치고 성산 위를 맴돌며 높이 떠 있었다.

공기가 깨끗하고 태양이 동쪽에 있을 때면 누메노르인 가운데 가장 예리한 눈을 지닌 이들은 산꼭대기로부터 저 멀리 서녘의 엘다르의 항구 아발로네를 언뜻 볼 수 있었다고 한다. 알다리온과 에렌디스가 이런 광경을 보곤 바로 그날 정상 아래의 가파른 소로에서 부부의 언약을 맺었다.

밋탈마르 MITTALMAR (내지, Inlands) ● 누메노르를 에워싼 지역들보다 높고 삼림이 거의 없는 목초지와 얕은 저지대로 이루어진 지역. 중앙 부근에 신성한 산 메넬타르마가 솟았고 그 기슭들 사이에는 능묘의 협곡 노이리난이 있었다.

닌다모스 NINDAMOS ● 시릴강 하구를 둘러싼 햐르누스타르 남쪽 해안의 흰 모래와 잿빛 조약돌에서 살며 일하는 어부들이 정착한 주요 마을.

니시말다르 NÍSIMALDAR ● 엘달론데 항구를 에워싼 풍성한 작은 숲들의 삼림지. 그곳에 번성한 많은 나무들은 엘다르가 누메노르에 가져온 것으로 특히 오이올라이레(영원한 여름), 라이렐롯세(여름 백설) 및 야반나미레(야반나의 보석)는 그 진홍빛 구형(球形) 열매로 이름 높고 '향긋한 나무'로 번역된 이름을 그 지역에 선사할 만큼 감미로운 향기를 발산했다. 이런 나무들과 함께 에렛세아에서 온 다른 나무들도 덜 풍성하게나마 누메노르의 다른 지역들에서 자랐지만, 오직 니시말다르에서만 볼 수 있는 한 나무가 있었으니 그것은 황금빛 꽃을 피우는 장대한 말로른 나무였다. 길갈라드가 말로른 열매(은빛 혈암(頁岩) 속에 든 씨앗)를 갈라드리엘에게 맡겼더니 그녀의 권능하에서 그 나무는 로슬로리엔이란 가운데땅의 영역에서 자라고 번성하여 그곳에 황금숲이란 이름을 부여했다.

니시넨 NÍSINEN ● 바다 쪽으로 뻗친 눈두이네강 수로 속의 호수로 그 이름은 해안 주위에 향기로운 꽃들과 관목들이 많이 자란 사실에서 유래했다.

노이리난 NOIRINAN (능묘의 협곡, The Valley of the Tombs) ● 메넬타르마 기부(基部)의 타르마순다르의 동남쪽과 서남쪽 등성이들 사이에 자리했다. 계곡 앞쪽 끝에는 누메노르의 왕들과 여왕들이 참으로 호화롭게 안치된 능묘들이 있었는데, 산허리 속으로 새겨 만든 것이었다. 누메노르인들이 점점 더 죽음을 두려워하게 되고 영생의 비밀을 절실하게 찾으면서, 훨씬 어둡고 고요한 무덤들이 전역에 확산되었다.

북곶 NORTH CAPE ● 포로스타르의 암석 고지대로 가장 높은 곳이 소론틸이었다. 누메노르의 제5대 왕 타르메넬두르 엘렌티르모가 하늘을 면밀히 살피고자 높은 탑을 세운 곳이 많은 독수리가 거주한 이 지역이었다.

눈두이네강 NUNDUINË ● 밋탈마르(그 서쪽 가장자리에서 눈두이네강이 니시넨 호수를 이룬)를 거치고 니시말다르를 거쳐 엘달론데에서 바다로 빠져나가는 강.

오로스타르 ORROSTAR (동부 지역, Eastlands) ● 꽤 서늘한 지역임에도 이 지대는 곶의 끄트머리 쪽으로 줄지어 솟은 언덕들 덕분에 동북 한풍을 피했고 그래서 내륙에는, 특히 아란도르 변경에 가까운 데서는 상당한 양의 곡물이 재배되었다.

로멘나 RÓMENNA ● 아란도르와 왕도(王都)에 물자를 공급한 아르메넬로스 동쪽의 큰 항구. 이곳에서 타르메넬두르의 아들 대선장 알다리온은 사람들이 투루판토(나무 고래)라고 부른 거대한 배 히릴론데(탐항선)를 건조했다. 후에, 타르알다리온이 왕이 되어 다스릴 때 그의 아내 에렌디스가 이 항구의 물속에서 죽었다. 로멘나만에는 톨 우이넨 섬이 있었는데, 알다리온은 거기에 모험가 조합의 본부이기도 했던 자신의 배 에암바르를 계류했고 또 이후 거기에 칼민돈, 빛의 탑을 축조할 것이었다. 사우론의 부상에 뒤이어 아르파라존 왕의 예전 고문이었던 아만딜이 아들 엘렌딜 그리고 손자들 이실두르와 아나리온과 거주했고 나중에는 사우론에 관한 발라들의 지혜를 구하고자 서녘으로 출발한 것이 이곳이었다. 하지만 그는 그 항해에서 결코 돌아오지 못했다. 누메노르가 몰락하자 엘렌딜, 그의 아들들 그리고 일루바타르에게 충직했던 이들은 배에다 백색성수의 열매—그 나무가 베어지기 직전 이실두르가 큰 위험을 무릅쓰고 훔쳐 내는 데 성공했던—에서 자란 묘목을 싣고 도망쳤다.

시릴 SIRIL ● 누메노르의 주된 강으로 메넬타르마 밑 노이리난협곡에 수원을 두고 밋탈마르를 거쳐 남쪽으로 느리게 굽이쳐 흐르다 갈대 무성한 넓은 습지에 이르러 많은 하구들을 통해 남쪽 바다로 빠져나갔다.

소론틸 SORONTIL (독수리뿔 Eagle-horn) ● 포로스타르의 북곶 위 거산(巨山)으로 바다로부터 낭떠러지의 면(面)으로 가파르게 솟구쳤다.

에렌디스의 하얀 집 WHITE HOUSE OF ERENDIS ● 누메노르의 제5대 왕 타르메넬두르가 아들 알다리온과 약혼한 에렌디스에게 줄 선물로 축조했다. 이곳에서 백색 숙녀 에렌디스는 남편이 바다에 나가 없을 동안 딸 앙칼리메를 길렀는데, 후에 그 아이는 아르메넬로스로 소환되었고 거기서 때가 되자 누메노르 최초의 여왕이 되었다.

옮긴이 소개

김번

서울대학교 인문대학 영어영문학과를 졸업하고 18세기 영국소설 연구로 동 대학원에서 문학박사 학위를 받았다. 현재 한림대학교 영어영문학과 교수로 재직 중이다. 옮긴 책으로 『반지의 제왕』『위대한 책들과의 만남』『미국 대통령 취임사』등이 있다.

가운데땅의 지도들

1판 1쇄 인쇄 2022년 3월 10일
1판 1쇄 발행 2022년 4월 20일

지은이 | 브라이언 시블리, 존 하우
옮긴이 | 김번
펴낸이 | 김영곤
펴낸곳 | (주)북이십일 아르테

웹콘텐츠팀 | 장현주 최은아 김가람 정민철 강혜인
편집도움 | 권구훈(네이버 톨킨 팬까페 '중간계로의 여행')
교정교열 | 쟁이LAP 표지 및 본문 디자인 | 최수정

영업마케팅본부장 | 민안기
마케팅2팀 | 나은경 정유진 이다솔 김경은 박보미
영업팀 | 김수현 이광호 최명열
해외기획팀 | 최연순 이윤경
제작팀 | 이영민 권경민

출판등록 | 2000년 5월 6일 제406-2003-061호
주소 | (우-10881) 경기도 파주시 회동길 201(문발동)
대표전화 | 031-955-2100 **팩스** | 031-955-2151 **이메일** | book21@book21.co.kr

ISBN 978-89-509-9995-7 03840